南十字星空下的呢喃

林寶玉 著

自序

走出故鄉，踏入新鄉後，世界倏忽間轉變了，茶餘飯後，陣陣低語耳畔響起，彷彿打水漂兒，激起層層漣漪，譜出了款款心曲。

當龍的傳人巧遇奇異鳥時（Kiwi鳥是紐西蘭國鳥，也是紐國人的自稱），由於文化、習俗的不同，各自或相互間迸發了不同的反響與故事。每一個片段，或喜樂、或悲愁，背後都有其真實的故事、人物原型，淺唱低吟之餘，作者只是借用禿筆忠實的描繪其身影，錄下難忘的片刻，分享親朋好友，共同記憶那段感人的經歷，見證當時的人生百態，保存一段世代的足跡。

除了百忙中撥冗賜序，為本書增添光彩的世界華文作家交流協會黃心水會長、紐西蘭華文作協珂珂會長、歐洲華文作協麥勝梅會長、前中山大學文學院長徐漢昌教授外，許久以來，鼎力相助的文壇前輩、親朋好友們……，恕我無法一一點名致謝，謹此表達最崇高的敬意與謝忱。當然長期以來，在生活上、經援上默默幫助、支持的外子葉瑞鑫先生及家人，我也一併致上衷心的謝意。

由於故事情節各異，為方便閱讀、保存，以二種形式呈現：

第一輯　蜿蜒小徑上的奇花異卉

移民路，儼然山中蜿蜒小徑，艱險卻百花齊放，充滿別樣興味，在紛呈的花朵中，且掇拾些許各具姿態的奇花異卉，揀取部分代表性人物故事，賞玩之餘，抽絲剝繭、咀嚼其醍醐灌頂之哲思。

第二輯　豆棚瓜架話當年

僑居南半球「長白雲之鄉」超越四分之一世紀，阿寶經歷不同生活，酸甜苦辣，各具情趣，閒暇之際，截取在華洋相異之文化、社會百態中，衝擊出的火花，映現出的層層疊疊剪影，以為留念，分享同好。

二〇一八年四月二十五日
於紐西蘭奧克蘭

代序
聽林寶玉說故事

麥勝梅會長

記得第一次見到林寶玉是在一九九八年，那年我們出席了在臺北舉辦的『世界華文作家年會』，那個時候的她身兼多職，在上班時間是中文教師，也是電臺主持人，下班的時候她寫專欄、撰寫兒童故事和研究紐西蘭的漢語教育。

旅居紐西蘭的她和家在德國的我，山重水阻相隔了半個地球，相聚的機會實在不多，幸好現在的網路發達，噓寒問暖已經不成問題，況且在一些共同的圈圈裡，文友們三不五時的發佈自已的作品，彼此都可以拜讀到對方的佳作，就這樣我們之間的互動持續了二十年了。

在三月初，得知寶玉的新書《南十字星空下的呢喃》要出版了，我真為她高興。又應寶玉之邀，得以有機會撰序，可謂有雙重的喜樂。

紐西蘭氣候宜人、環境清幽、風景優美，被視為「人間最後的一片淨土」，擁有這樣引人入勝的居住地，不知羨煞了多少人。

一般來說，促使華人最初涉足大洋洲的原因很多，其中一個原因，當然要從當年的「淘金潮」說起。根據記載，十八世紀末葉，澳大利亞墨爾本和紐西蘭但尼丁等地發現有豐富的金礦，引起淘金者蜂擁而至，先是英格蘭、愛爾蘭、德國、義大利、荷蘭人，繼之一批批刻苦耐勞的華人勞工也登上這個美麗的島嶼國家。

二百年來，主導大西洋國家社會體系的仍是來自西方諸國的移民，相對之下，華人移民長期處身於政治與文化的邊緣地帶。直到二十世紀七〇年代初，出現了一批港台兩地的技術移民、留學移民和來自越南柬埔寨等地的難民，移民群體的素質逐漸也提昇了，和早期勞工有顯著的不同。到了八〇年代湧入大量的中國移民，到了二十一世紀，隨著中國大陸的經濟崛起，移民潮有增沒減，如今紐西蘭華人人口達二十萬之多。

細讀她寄來了全部稿件後，發現寶玉所關心的乃是新移民，書中敘述的也是他們在拓展第二故鄉的喜樂與滄桑歲月。

在第一輯「蜿蜒小徑上的奇花異卉」中，一共收錄了四十四篇小小說。觀察入微的她，以平淡簡達的一枝筆娓娓道來，沒有太多的華麗詞藻，對於小說中人物的際遇和家變，她從不作判斷，也無意講述大道理，然而深刻地印在讀者腦海中的，盡是至情至性的人文風景。

寶玉鑽研過「千把字」的小小說，悉知它每每都具備了三個要素：新穎的構想、人物和一個出人意料之外的結局。

例如「李達帶著他的妻子漂洋過海來到白雲故鄉，準備在此開創新天地，發展新事業。」結果妻子移情別戀愛上當地的律師，落得離婚的收場。又如「失婚的林淑香帶著八歲兒子遠赴紐西蘭，為了居留下嫁年逾六旬的紐西蘭人……。」

經典的還有：「阿蘭先生是個從事建築事業的商人，為了家庭生計，半年一次空中飛人式的與妻小相聚。……阿蘭夫妻，各自用心、用力的工作於兩地，彷彿張力十足拉扯於繩索兩端的拔河賽，彼此奮戰不懈。之所以如此辛苦，無非希望阿蘭先生事業做穩了，錢賺夠了，將來團聚到此『老人天堂』共享晚年。」

閱讀此書，從頭到尾毫無冷場，寶玉所敘述的人事，總是千磨百折。莫非這都是她在白雲故鄉目睹的「真人真事」？我不禁臆測起來。

在第二輯「豆棚瓜架話當年」中，她以另一種心情去看人生。奧克蘭的多元文化、湖光山色和城市風情鮮活活的成為了她書寫素材，看似隨手拈來的，然而在落筆時，處處近乎工筆下的細膩。於是有了賞心悅目的三十五篇隨筆，讓人讀後總是發出會心的微笑。

不同的人生體驗，激發出不同生命活力，寶玉說的故事，卻從來不只是故事，裡面裝著的，更多是她對白雲故鄉新舊人世的深情。

麥勝梅
歐洲華文作家協會會長
二〇一八年三月二十五日

代序
前中山大學文學院長

徐漢昌教授

電子傳播工具發展迅速，改變了接收訊息的方式，隨之而變的是閱讀的習慣，長篇文字已經不受歡迎。幾行字、兩句話、一個圖像、一段影音，擷取的是點是片段，傳播的不再是面與整體。一方只求表達，另一方只是點讀，訊息量多到難以期待互動與回饋。人際關係看似緊密，不再受限於時間與空間，但是人與人之間的感動，卻愈見減少。靜下來閱讀一篇作品，品味文字之雋美、感受內容之情思，讀者與作者，雖然有時間與空間的距離，但是雙方心靈的契合，卻是緊密的。如果你期待這樣的感動，這是一本能滿足你的書。真實的見聞、獨立的故事、簡短的篇幅、生動的文筆，沒有閱讀長篇文字的壓力，卻有無比的閱讀樂趣。

作者旅居紐西蘭二十多年，是一位成功的華語文教師，她的夫婿葉先生則是一位傑出的科技工程師兼發明家，女兒精通多國語文，是成功的移民家庭。作者展現敏銳的觀察力，筆帶感情的描繪出移民悲歡離合的故事，讀之令人感慨。作者以溫馨的筆調，記錄了她們一家人在紐西蘭的生活點滴。真實的記錄、有用的資訊，讓人感受到移民的歡樂。第二輯的〈伴〉最精彩，「這一路走來，什麼事不是老伴倆互相扶持？」這句話，對照第一輯裡的許多移民，可以明白作者一家成功的關鍵了。如果你有意移民外國、想瞭解移民生活，這更是一本能滿足你的書。

同窗老友徐漢昌序於澳洲旅次
二〇一八年一月二十七日

代序
現任紐西蘭華文作家協會會長

珂珂會長

寶玉姐——我認識她時她已經是紐西蘭資深的華文作家了，到目前為止她參加我們新西蘭華文作協已經二十五年了，出版過很多的書籍。她目前在「業餘寫作」、「中文教學」、「漢學研究」三個領域不辭辛苦努力著，筆耕不墮，誨人不倦。雖然是業餘寫作，但她的勤奮耕耘帶來的是豐碩的成果。

當她開口要我為她的書寫序時，我其實內心有些猶豫，擔心自己不夠資格，寫不好。看到她的誠心誠意，我決定要支持她繼續筆耕下去，把更多更美好的文章獻給讀者。

寶玉姐，她和藹可親，謙卑自信，聰慧睿智，默默地以一支妙筆寫出眼觀的一切。她的創作靈感來自於腳踏實地的生活，陽光似乎自她的筆鋒流出，毫不吝嗇地傾灑在紙張上，照亮了讀者，也照亮了她自己。

她筆下的故事很容易引起人們的共鳴，她用文字感動著讀者，感染著讀者，也感化著她本人。生活的歷練給她的創作帶來了無限的空間，她於這個無限的空間中發揮著無限的想像力，得心應手地創作她的作品。

她的作品是思維的結晶，是生活的碎片。字裡行間化用著韻味十足的古詩古詞，用華文詮釋著在西方的第二家鄉的生活。那些通順的詞句、完美的語法更顯示出其深厚的中文功底。

我在此深深地祝願：有思想、有見地的寶玉姐創作出更多更好的作品。

珂珂

現任紐西蘭華文作家協會會長

二〇一八年一月二十七日

代序
白雲新鄉靈思飄飛——南十字星空下的呢喃

心水會長

忘了何時與林寶玉文友結文緣、肯定早過七年前我創辦「世界華文作家交流協會」時；因為創會後紐西蘭地區的華文作家名單中，林寶玉已是榜上有名。特別容易記得她的名字，可能與紅樓夢中的賈寶玉有關吧？這一男一女、古早與當代之人，分別扮演的是花花公子與華文作家。角色有異，後者卻背負了在海外弘揚中華文化的重擔呢。

二月初外遊回家、意外接到寶玉電郵、並附上了經已編輯好準備出版的新著，要我代序；也不問老朽願意與不願意，是否有時間等等客套話。單刀直入非要你代勞不可的爽直，讓老朽頗難說「不」？應允後是不能食言了，告知要排期半月，以為十幾天後該忙的事一定忙完啦！殊不知非但沒忙完，新事、雜事一件又一件排隊爭著趕到，忙亂中也得硬起頭皮「信守承諾」啊！

撰代序一定要先讀完全書，這是個人習慣，上網展書，才知此書分兩輯，第一輯蜿蜒小徑上的奇花異卉，收錄了三十二篇包括了極短篇與閃小說這兩類文體。第二輯豆棚瓜架話當年，共有四十四篇散文，加上三篇代序與作者序文，全書恰恰是八十篇。總字數八萬四千八百字。首輯篇章可是靈思飄飛的故事，後輯則是阿寶在白雲新鄉的生活見聞，屬散文及小品。

讀完首輯那三十二篇極短篇與幾百字的閃小說，心頭像被阿寶重重的從奇異國揮搥擊中，也不知那些小說是真是假？在她巧妙的靈思構想文字裏，散發著淡淡哀傷與愁緒……。

首篇「情斷異域」的男女離婚收場了，「異鄉夢」的李淑香失婚，遇人不淑被洋男人控制，真個應了李清照那句「欲語淚先流」。「天倫夢絕」無辜的小齡、要承受雙親因兩地分居最終真成了「分飛燕」的苦果。「幸福」共有一千六百餘字，超越了極短篇一千五百字的限定；醫生夫人張惠玲為了兒女前途而與丈夫分居兩地，反諷的是滿以為婚姻幸福的惠玲忽然回原居地，要給丈夫驚喜，卻換回「鵲巢鳩佔」的無情打擊。

「移民路」的單親范芳帶了兩個兒子到奇異國，她本是報社編輯與中文作家，在英語世界為主的紐西蘭再難重拾舊業，最後無法支撐而黯然回流。

「夢醒時分」是篇兩千兩百餘字的短篇小說，妮妮帶著兒子到新鄉，後另結新歡再嫁洋老公，可謂拋夫毀家的狠心人，最終她與洋丈夫離婚，深愛她的前夫、恰恰於此時大醉後又「心臟病死」？

阿金夫婦在新鄉大展鴻圖，名成利就時，忽然晴天霹靂，老公患上了「痴呆症」，生活由絢麗繁華、不得不歸於平淡，此篇「執子之手」是引用詩經為題的不到千字極短篇，頗有此類小說結尾令讀者意外的餘韻。

「年糕嫂」的主角做了拿手年糕，竟不是買賣營生，而是到處贈送親朋鄰里，難能可貴的還附送親友「養生之道」的說明。阿寶有福氣，因而能與年糕嫂為芳鄰呢。

讀罷「甦醒」，不到七百字的閃小說，心有千千結的主角「她」，十年漫長歲月中單獨在海邊生活，是何因由促成她改變生活方式？小說的構思，離不開創作的「起、承、轉、合」等規律，合是結果，也是讓讀者明白的點題。當然、故佈疑陣留下空白讓人深思的小說結尾，是另類作法。與這篇行文造成的「忽略」不能相提並論。

閃小說「疑」的主角蘭心，身體不適整天茶飯無心，進出醫院忘著各式各樣的體康檢驗，無非都因為談癌色變；及至收到醫生的報告，原來那只是個囊腫，疑似癌卻並非癌，她才放下心頭大石。其實有病淺中醫，就不會被「疑心病」無端折騰到無以名狀的驚恐啦！

第二輯收錄的是作者在新鄉見聞，對於準備移民到紐西蘭的各地讀者，頗有參考價值。也可從這四十餘篇文字中、了解新移民們從原居地轉去新鄉的種種甘苦與辛酸，這可是阿寶在奇異國生活的切身經驗呢。

這冊新書的篇章長短不一，文類就包含了極短篇、閃小說與第二輯的散文；想是阿寶在新鄉仰望夜空、面對明亮的南十字星座，浮想聯翩呢喃自語而將其化成作品，有緣讀者尤其嚮往著南太極紐西蘭這個奇異國家的人，多少能吸取到在那塊白雲之鄉、彷似仙境般的淨土上，人們甜酸苦辣生活中的種種趣聞，也正應了那句「開卷有益」的老話，是為序。

心水
世界華文作家交流協會會長
二〇一八年二月十七日、農曆戊戌年正月初二於墨爾本

（心水先生是定居墨爾本的資深華文作家，為「世界華文作家交流協會」創辦人，已出版各類文學著作十一部，作品獲海峽兩岸三地及澳洲頒發十四類文學獎、其中四項是首獎。）

目次

第二輯

第一輯

蜿蜒小徑上的奇花異卉

1 情斷異域

……此情可待成追憶，只是當時已惘然。　【唐】李商隱

李達，一個偶然機會在超級市場認識的年輕朋友。由於具備相同的寫作興趣、文化、語言背景，雖然年紀相差甚遠，但很快的我們便成了忘年之交。我經常邀請李達帶著他的如花美眷，到家裡來喝下午茶。

「九九年初，為了實踐理想、完成心願，我和小苓漂洋過海來到白雲故鄉，準備在此開創新天地，發展新事業。」一個和暖的午後，李達訴說著當年的經歷。

「阿姨！雖然別人都稱讚我具備傑出的寫作技巧，作品令讀者不忍卒讀。但在英語系國家，靠寫中文稿維生，顯然是行不通的，您說是嗎？我想得另謀生路，才能活得下來。」李達略帶失望的繼續說。

「我們的英語不好，想到P鎮去專心學點語言。」小苓接著說。

就這樣，禮貌但有點靦腆的大男孩——李達，又一次的，帶著老婆告別了奧克蘭，移居滿是金髮碧眼洋人的偏遠小鎮、學英語去了。

＊　＊　＊

P鎮是個美麗的淳樸小鎮，一望無際的綠野平疇間，除了洋人、少許毛利人外，幾乎見不到黑頭髮華人的身影。每天清晨，李達、小苓戴著晨曦踏出家門，竄進耳膜的是早起鳥兒的啁啾聲，舉目所見不是牛、羊，就是趕羊的村夫、村婦。而舌頭間迸出的除了「Hello」、「Morning」外，就只有打結了。

「這是什麼鬼地方，成天看不到一個人，無聊死了！……」

剛開始，每天日出而作、日入而息，褪盡繁華、反璞歸真的鄉野生活，的確教來自熱鬧、個性外向活潑的小苓抱怨到幾乎崩潰的地步。

「嗨！小苓，我們今天去Mary家吃莎拉、BBQ，順便跟他們練練英語，怎麼樣？」

「小苓，動作得快點囉！Bob、John還有Kathy就要來了，小點準備了吧？我這就去沖些香片、綠茶。」

「對了，順便邀幾個朋友來家裡嘗嘗我的拿手菜！」

為了安撫嬌妻，也為了趕緊學好英語融入新生活，李達陪著小苓參加鎮上各式洋人活動，有時也邀請洋人朋友到家裡來喝喝中國茶、小酌一番。

不到一年功夫，小倆口跟鎮上老老少少、男男女女差不多都成了好朋友，英語交流的能力更是「士別三日，刮目相看」，溜極了。

＊　＊　＊

「小苓，妳有精湛的『小源流』插花手藝，我也多少懂點種菜，妳看我們搞個園藝中心，怎麼樣？」過了一段「清閒」日子後，有一天，李達嘻皮笑臉、試探的徵詢妻子的意見。

「嗯……！你真想試？」小苓不置可否的回答。

因此，李達開始老圃生涯，種種蔬菜、水果外，也學著經營花卉種植與銷售。

憑著中國人「業精於勤，荒於嬉」努力不懈苦幹的精神，生意越作越好，李達終於闖出一片天，遠近馳名，成為鎮上家喻戶曉的專業花農。而小苓的標緻容貌，更是驚豔小鎮，很多洋人都到「Li Da Garden」來買花了。

＊　＊　＊

「阿姨、Michael叔叔！最近忙嗎？我們在這兒已漸漸適應了，朋友們也都說我和小苓的英語進步很多，不久以後，也許就可以到奧克蘭找事做了。」

「對了！我們的花園搞得很好誒，有空請再到鄉下來走走吧！我們還學會了釀製紐西蘭有名的紅葡萄酒呢！」

兩、三年來，李達不論工作多忙，他總是不忘打個電話來，談談他的近況；或者三、兩個月，小倆口相偕到奧克蘭來閒話家常、買點家鄉口味回去打打牙祭，也請老外朋友嘗嘗別具滋味的中國飲食。

那天……

跟往常一樣，李達提著自製可口的紅葡萄酒，外帶一大束美得教人窒息的各色玫瑰花，到奧克蘭來看我們。不同的是，這次還拎了個行李。

「李達，你來的正是時候，今天你Michael叔叔準備燒幾道客家小炒下酒呢！」

「咦！小苓呢？」只顧招呼李達，差點忘了小苓。

「我們離婚了。」李達神情落寞的回答。

「什麼？……究竟……發生了什麼大事？來！來！快跟阿姨說。」簡直難以置信。

「三個月前，小苓認識了鎮上的一位白人律師，準備嫁給他，我勸解無效，只好簽字離婚囉！」對於李達的答案，我百思不解，怎會是這樣？

「那……農場、花園呢？」印象中，李達花園經營得很成功啊！

「農場、花園全賣了。按紐西蘭法律，錢，一人一半，那位律師都幫忙處理完了。」李達語調低沉的說。

「那就先在這住下來，慢慢找個事重新開始吧！」我安慰這個傷心的年輕人。

「謝謝阿姨的好意，我已經買好去澳洲的機票，待會兒我就去機場。」男兒有淚不輕彈，李達幽幽的口氣，讓人直覺的感到他正強忍著內心的煎熬。

看著李達黯然離去的背影，腦海浮現出當年卿卿我我的恩愛小夫妻，為了學習英語，走進洋人世界，誰知……，最後竟然……迷失在洋人世界……。

2 異鄉夢

……物是人非事事休，欲語淚先流。……

【宋】李清照

當機場巴士駛近北岸大橋，天真的八歲兒子——阿勇，看到帆船塢裡大大小小的風帆時，好奇的大叫：

「媽，好多帆船喔！」

「媽，大橋跟我們家鄉的不一樣誒！」「好多金頭髮的人喔！妳看！那是不是書上看到的金龜車，好漂亮啊！」阿勇不斷的嘟噥著眼前異鄉的新鮮景象。

「媽——，我們在這住，好不好？」孩子帶著試探的語氣，詢問阿香。

雖是初抵南半球，但林淑香失婚的鬱卒，早已被初春的姹紫嫣紅、開闊視野一掃而空。她，決心帶著兒子暫居「帆船之都」。

＊　＊　＊

幾個月後……

「嗯！錢怎麼這麼不經花？」「如果繼續這樣的享受人間仙境，恐怕要坐吃山空了。」眼看著銀行帳單上的存款數字逐漸向個位數靠攏，阿香開始意識到刀叉頂端所叉的是什麼[1]，「開門七件事」的嚴重性。

阿香打定主意：積極的四處找工作，以便維持生計。

「持觀光簽證，沒有居留權的人是不可以打工的。……」不料，有朋友這樣說。看來，阿香只能在紐西蘭奉獻她的財力，沒有賺錢的機會了，除非是……偷偷的打黑工。但黑工是不合法的「地下工作」，再辛苦工作，也只能賺取微薄的收入。

為了能繼續在這樣「迦南美地」生活，一切也就只有忍了——阿香這樣想。

一天，下午茶時間，老闆說：「阿香啊！妳是不是要辦個工簽啊！」

「工簽？我可以辦嗎？怎麼辦的？要花多少錢？誰幫我辦啊？」阿香疑惑的連續問了幾個問題。

1 語出威廉・布洛思（William Burroughs）的小說。

「如果妳想留下來工作，最好還是搞個工簽吧！」老闆接著說：「我可以幫忙妳辦。至於費用嘛……就工資裡慢慢扣吧！」

有了工簽，阿香心裡踏實多了，工作起來也就更賣力了。

中秋節傍晚，一起打工的女同事阿琴看到阿香日漸苗條的身影，心生憐憫的說：「阿香，一個女人家帶著孩子旅居國外，確實很辛苦，不想給孩子一個家嗎？」

想起當年那個負心郎的行徑，阿香鼻頭一酸，眼眶不自覺的紅了起來。

「唉！想又怎麼樣呢？我……」阿香欲言又止、無奈的說。

＊＊＊

事隔半年。

下班時間，大夥兒正準備打卡，阿香喜孜孜的咬著阿琴耳朵、輕聲細語的說：「阿琴，明天妳可不可以陪我去一趟法院？」

「法院？怎麼了？」阿琴一臉慌張的問。

「我……和Kevin準備去公證結婚，妳去當我們的證婚人呀！」阿香詭譎的笑說。

「Kevin？那個年約六十開外，幾年前老婆死了以後，一直鰥居未娶的紐西蘭人Kevin？……」阿琴的杏眼圓睜、迷糊了半晌，才大夢初醒的回過神來。

「是啊！就是那個經常在英語上、生活上幫忙我，身強體健、讓不知道的人還以為他才五十歲左右的老鄰居啊！」阿香面帶緋紅的回答。

「恭喜！恭喜！相處大半年，終於看對眼，準備攜手共創美好未來了?!真保密啊！」阿琴大叫。

「有了新歸宿，有居留權，妳就不必為簽證到期，出境的問題傷腦筋了。」阿琴為阿香享有正常工作權、生活安定而高興。

＊＊＊

俗話說：「福無雙至」。正當阿香充滿希望的準備迎接新生活之際，當初看不見的語言、文化藩籬，竟悄悄的在這個家中築起。

「你怎麼跟以前判若兩人？一而再的抱怨，要求我這，質問我那，我……」只會說簡單英語的阿香，骨鯁在喉似的，除了乾瞪眼，對於Kevin 的要求，簡直是無言以對。

終於……，阿香又一次帶著兒子「離家」而去了。

「妳每週回來跟我住幾天，我就撤銷告訴，否則我還是要告妳騙婚。」剛安頓好自己和兒子住的問題，就輾轉接到法院的「出庭」通知及Kevin語帶威脅的「團聚」信。

「既然我們格格不入，無法同在一個屋簷下長相廝守，就算了嘛，幹麼還拼了老命要我回去？」阿香淚眼婆娑的跟阿琴傾訴。

「……」阿琴無言的暗自感歎：究竟是該安慰阿香，名為淑香，卻處處遇人不淑，碰到不知憐香惜玉的丈夫？還是責問阿香，是否騙婚？唉……

3 天倫夢絕

……倚遍欄杆，只是無情緒！人何處？……

【宋】李清照

又是一年春暖花開祝福的季節，為了家長、孩子們探訪親友、旅遊方便，能夠趕在淡季票價時，歡喜、愉快的上路，輕鬆的雲遊四方，中文學校總是體貼的提前舉行結業典禮。

「老師，……」嘈雜的聲浪中，稚嫩的聲音在身後響起。

「等一下，老師現在沒空。」當時正忙著整理典禮用獎品、獎狀的我，不假思索的順口回了孩子一句話。

「老師！……」時隔半個鐘頭左右，我的工作大致告一段落時，同樣的聲音再度出現耳畔，我敏感的回過頭。

「小齡?!你怎麼還在這裡？沒跟班上同學一起到禮堂去，有事嗎？」我訝異的問一直站在我背後，等我處理完所有事宜的小朋友。

「老師，明天我們跟爸爸一起搭飛機回家鄉去。」小齡眼眶泛紅的低聲囁嚅著。

數年前，當世界經濟一陣低迷，坊間彌漫著醫生孩子被綁架的恐懼，而父母又期盼他們的「心頭肉」能與一般孩子一樣，擁有屬於他們的歡樂童年之際，六歲的小齡和她的幾個兄弟姊妹們隨同父母一起移民紐西蘭，定居世外桃源。

移民蜜月期沒滿，在紐西蘭政府不承認原居地醫生培訓資格的情況下，為免落入世俗所謂的「三坐」——坐吃山空、坐困愁城、坐以待斃，也為了家庭生計，小齡的爸爸忍痛暫時揮別妻兒，返回家鄉繼續執業，在那兒獨自拼搏奮鬥，換取妻兒們安全、穩定的生活。

相對的，沒有「一家之主」支撐的媽媽，為了幾個年幼心肝寶貝的新生活，也只好咬著牙、堅強的肩負起在陌生環境裡可能面臨的一切「新鮮事」，帶著老公的「千叮嚀、萬囑咐」，期待著老公半年一次的假期、團圓。

「老師，我爸爸要來陪我們住，不再走了。喔！對了！我們還要換大房子誒！」有一天下課休息時間，一向喜歡在我座位旁跟我聊天、看我改作業的小齡，難掩心中喜悅、開心的說。

從小齡眉飛色舞的眼神中，我讀出了久不見父親孩子的快樂；我也從一個八、九歲始齔、垂髫幼童的稚語中，領悟出幼小心靈對天倫歡愉的嚮往。因此，聽完小齡天真爛漫的童言童語後，我很替她高興，也為她得償思父夙願感到安慰。

某天中午吃飯時間，小齡一個人坐在自己座位上悶頭扒飯，異於以往邊吃飯、邊跟同學分享悲喜、嘰嘰喳喳說個不完的模樣，令我有點納悶。難道是最近跟著爸媽四處看房子，太累了。

「小齡，爸爸、媽媽找到新房子了嗎？準備搬到什麼地方呢？」我關心的問。

「老師，爸爸說工作忙，現在不能來陪我們住，所以我們不換新家了。」小齡神情失望的說。

「爸爸賺錢很辛苦，妳不會怪他，對吧！」我安慰小齡的說。

「爸爸已經這樣說過好幾次了！」「老師！是不是大人都喜歡不守信用？」小齡帶著疑惑的表情，委屈的問。

「……」一時間，我不知如何應對這樣純真、渴望天倫團聚的孩子。

「媽媽說爸爸不愛我們了。老師，那是真的嗎？爸爸沒有告訴我們呀？」見我沒回答，這個略顯無辜、懵懂的孩子繼續「考」我。

「……」真是棘手的話題，我該如何回答孩子。

每年放假前夕，學校都會舉辦學生學習成果展覽，全校停課一天。這個時候，小朋友無不連蹦帶跳的牽著爺爺、奶奶，陪著爸爸、媽媽歡天喜地的穿梭在人叢中，欣賞他們自己使出十八般武藝完成的傑作跟各項表演。

這天我搜索了班上所有小朋友，唯獨不見小齡。

「黃安娜！小齡今天沒來嗎？她不是展覽了紙雕嗎？」我有點奇怪。

「老師！小齡的奶奶回家鄉去了，媽媽也不在家，沒人陪她來。」安娜說。

聽完小朋友的回答，我立時陷入了迷惘，決定走一趟小齡家。

「老師，媽媽到大鬍子叔叔家去住，奶奶先帶小妹回去，等學期結束，爸爸就來帶我和姊姊、弟弟回去跟漂亮阿姨住。」彷彿事不關己、敘述別人的事情似的，小齡粉飾太平的平靜、成熟的說話表情，令人看了鼻酸，也讓人心疼不已。

是誰說的「小別勝新婚」？是誰說的「患難見真情」？不到幾年光景，分隔兩地的恩愛夫妻竟至各有懷抱，美滿的家庭成員被迫各分西東。……唉！

4 迷思

無言獨上西樓，月如鉤。……

【南唐】李後主

陳玟，人如其名。說起話來文謅謅，又帶點熱情活潑的樣子，使接觸過她的人，很難不跟她成為朋友。十多年前，在家鄉結束高等教育後，陳玟隻身帶著少女留洋的美夢，來到遠離塵囂地球另一端的紐西蘭，開始她人生的另一里程碑。

一向擁抱世界，熱愛學習各種語言，也曾從事幼兒美語教學的陳玟，為了加強英語聽、說、讀、寫四項技巧，初來乍到，便一頭栽進洋人家庭（homestay）、語言學校，繼續她的語言學習課程。

也許個性使然，也許環境配合，幾個月後，陳玟周圍盡是洋人朋友，張口閉口盡是英語，如魚得水，日子過得快樂極了。

生性樂善好施，又具備活潑的中、英雙語教學能力，因此，陳玟很快的擔任起了與原居地完全背道而馳的中文教學工作，求教學習的人，趨之若鶩，不計其數。特別是必須與華人交流的專業人士，更是排隊等候，希望成為她的入室弟子。年輕俊碩的Tony就是其中的一員。

這個與陳玟寄宿家庭熟稔的年輕人，在主人的安排下，不久就「插隊」進入了學習行列，一週三次，興致勃勃的學習起華語、中華文化。

為了讓這些莘莘學子更體驗華人生活，對我們的文化、習俗有更進一步的認識，陳玟安排各種戶外教學，例如：看華語電視、錄影帶、到華人餐館品嘗中國料理、接觸華人社交圈……。俗話說，日久生情。就這樣，陳玟與Tony攜手踏上紅毯，締結了一樁人人稱羨的異國良緣。

對未來抱著美麗憧憬的陳玟，多麼期盼在與Tony結成連理之後，不但有了遮風避雨的避風港，更想「早生貴子」，在這個幸福歸宿中加入「奇異王子」[2]，生個金髮碧眼的兒子。歸寧時，給升級為外公外婆的父母，有個含飴弄孫的機會，也給自己下半輩子有個頤養天年的依靠。

有趣的是，這個「獨身」多年，過慣了「一人世界」的「奇異人」[3]，還沒

2 紐西蘭人自稱「Kiwi」，中文諧音「奇異」。
3 奇異人亦即Kiwi，紐西蘭人。

有妻子以外，迎接另一個成員的心理準備。因此，經常如是說：「不急，等我們存夠了錢……」，「等我們知道如何教育小孩……」，「等我們……」，「等我們……」，令即將邁入高齡產婦的陳玟滿頭霧水，充滿迷惑，百思不解。

「等這個等那個，再這樣等下去，我們還有機會生自己的孩子嗎？」有一天，陳玟終於按捺不住地問Tony。

「沒關係呀！很多人沒有孩子，日子還是過得很快樂呀！」Tony一派輕鬆、毫無猶疑地回答，顯然他一點也不瞭解陳玟「無後為大」的想法。

「你倒說得輕鬆，我們老了怎麼辦？」畢竟是中國人，陳玟想到的是養兒防老。

「老?!將來不都有養老金、養老院，你還怕沒得吃、沒得住？」又是一個洋人思維，沒有一點積穀防饑的憂患意識。

「唉！當真東方遇上西方時，就什麼都是這樣的奇異，這樣的無解？」陳玟陷入了迷思。

5 幸福

……倚門立，寄語薄情郎，粉香和淚泣。

【唐】牛嶠

在一陣「醫生兒子被綁架」的緊張氛圍下，打從出生就在爸爸醫藥箱邊嬉戲，集兩家（父家、母家）寵愛於一身，由專人呵護長大的二個小baby，為了平安長大，不受威脅，由媽媽惠玲帶領，跟著相同背景的「醫生娘」隊伍，遷移到俗話說：子彈打到都涼了、遠離塵囂的南半球，避居所謂「人間最後的一片淨土」：紐西蘭。

第一大城奧克蘭，氣候宜人外，相對其他城市，人口比較多，活動、娛樂也多一些，為了不致太離群索居，孩子受教育方便，幾個醫生家庭就此相偕落腳風光明媚、交通便捷的奧市中心——Epsom。

為了不墜落思鄉的羅網，為了排遣孤寂的日子，除了陪孩子練羽球、練扯鈴外，在把孩子送進「Day care」後，幾個志同道合的「閒閒美黛子」們共同組織了一個合唱團，延續原居地的「卡拉ＯＫ」生涯；偶而也背起道具，上果嶺敲個幾杆；上上館子飲茶、吃飯。

再繁華熱鬧的街市，再舒適、愜意的環境，終究不敵溫暖的親情，對老公、家鄉的思念。而獨居故里打拼的老公，更是無法適應妻小不在身邊的「空巢」。為了解除分隔兩地，不能朝朝暮暮噓寒問暖的遺憾，也為了表達父愛，對妻子的赤誠，回味在家鄉時共同的記憶，這些「內在紐」的醫生們，扮起稱職的「候鳥」，不定期的穿梭於工作與家庭兩地之間，上演著另類「鵲橋會」。

但為了恪守賺錢、養家、擔負「印鈔機」之職，這些「杏林大老」豈能不務正業、三天兩頭的出現在奧克蘭。不得已的情況下，只能把滿滿的思念與牽掛，綿密的關愛與溫暖，托給電話傳輸線，傳遞到彼此。一時間，電話成了最忠實的仲介，當然，溢滿愛的「幸福感」也就這樣無時的縈繞在夫妻、父子耳畔，低迴於每一個無聊的時刻。

＊　＊　＊

「爸！我跟你講喔，星期六是哥哥五歲生日誒，吃完蛋糕，哥哥就要去小學上學了誒，你會跟以前一樣，帶禮物來給他過生日，對不對？」剛滿三歲的老二，搶過正在撥號、大他兩歲哥哥手中的電話，伊伊呀呀的對著電話筒滔滔不絕的說。

「對！對！爸爸已經買好機票，星期五就飛過去，你們要乖乖聽媽媽話喔！」扮演多年「空中飛人」、電話另一頭的爸爸，滿含開心的回應著。

＊　＊　＊

「爸！我們還沒吃飯誒！」好像兩地的通訊員；又好似打電話不用花錢。每日瑣事不出二十四小時，小兄弟倆立刻巨細靡遺的拿著話筒跟爸爸報告，彷彿天涯比鄰。

「發生什麼事了？」

「媽媽感冒了！」

「好！爸爸明天就去買機票，你們先去隔壁何媽媽家請她幫忙買些麵包吃。」不論發生任何芝麻小事，細心的醫生爸爸不但立刻飛來關心，還遠距離教導孩子如何排解當下的困境，真是令人動容。

「爸！哥哥……」

「爸！我想……」小兄弟旁若無人的學著大人模樣，緊握電話，翹起二朗腿，躺在沙發上，滴滴咕咕的說個沒完。

……不知怎的，這二個孩子跟爸爸總有聊不盡的話題，談不完的心事。

＊＊＊

「媽！爸爸好像很忙，好久沒來陪我玩，跟我聊天了。這次中秋節，我們回去跟爸爸一起慶祝，好不好？」中秋節前夕，老大忽然提議說。

惠玲想：也對，幾個月來，老公一直忙於診所，二個孩子已經有一段時間沒能跟爸爸長談了，「月圓人團圓」，不如趁此機會，打道回府，跟家人一起過中秋，還可以嚐嚐幾乎要遺忘了的柚子，慰勞一下「身陷異域」的五臟六腑。同時請老公處理一下，最近銀行戶頭老出毛病的問題。

「擇期不如撞期，媽媽這就打電話跟旅行社訂機票，希望能趕在中秋節時回到爸爸那裡。」

「張太太，妳的卡刷不出來，妳是不是要付現金？」訂完機票半小時後，旅行社急促的來電問。

「不會吧？妳再刷一次。」說也奇怪，上個星期在Countdown超市買菜也這樣，難道銀行戶頭真的有問題。

「媽！要不要給爸爸打個電話？」孩子打斷了惠玲的思維。

「下飛機再打，請爸爸來接我們，也給他一個surprise！」

＊＊＊

「太太……」張嫂惺忪的聲音裡略顯驚訝，欲言又止。

「張嫂，是我，太太啊！妳聽不出我的聲音了嗎？」

「嗯！太太？……」又是一陣停頓。

「是啊！先生不在嗎？請他聽電話，我們在機場等他來接啊！」

「嗯……，先生他……」又是一陣遲疑。

「張嫂，你怎麼了？」

「太太……，先生不在家。他跟護理長渡假去了。」張嫂帶著顫抖的聲音，怯弱的回應著。

難道，沉寂多時的「鵲巢」，已被「鳩占」了，原來的幸福就這樣褪色了？

6 移民路

涙濕欄杆花著露，愁到眉峰碧聚。

【宋】毛滂

「為了給孩子一個快樂童年，無懼的生活環境，我們三個人，再度隨著貨櫃踏上了紐西蘭的土地。」一個萬里無雲、太陽恣意的在背上摩蹭的午後，咖啡館靠窗的座位，兩個女人漫無邊際的閒聊著。

「三個人……？妳先生……」晴文有些疑惑，但話到嘴邊又吞了回去。

「是啊！……兩個孩子和我。」范芳似乎有什麼不便多說的隱情。

「這趟我們決定在紐西蘭長住下來，不走了。」啜了口咖啡，范芳繼續說：「我們一家三口，曾經在紐西蘭住過三年。正當全家提出入籍紐西蘭的申請時，家母身體違和，因此舉家回流，沒想到這一幌就是五年。」

「要定居了，很好啊！孩子們應該很開心吧！聽說他們還要到中文學校來，繼續學習中文？」晴文驚詫於范芳異於有些父母，害怕孩子的英語基礎不夠，在當地學校跟不上進度，以致於下了飛機就收起中文書籍，專事英語學習的態度。

「華語是我們的母語，我擔心孩子將來無法和家中長輩溝通。」多平實的回答。

「確是真知灼見。……對了！往後妳是專職寫作還是繼續搞編輯？」晴文關心的問。

「嗯……放下主編工作，彷彿離開相知多年的老友，心中有著萬般的不捨，如果可以……，我……還是希望繼續這份職業！」遲疑了一下，范芳道出了她的心聲。

「妳是搞文字工作的，以後在寫作上可以給我一些指點吧！」晴文興奮不已。

「嗯……，相互研究吧！……」相對晴文的滿心歡喜，范芳顯然有點失落的樣子。

＊＊＊

「范芳，最近忙些什麼呀！」在Shopping Mall晴文開門見山的問。

「有幾個洋人看了我網上介紹的水晶飾品，向我郵購，我去寄給他們。」范芳說。

「哇！不錯呀！作網路生意了？」

「靠這麼些人買點東西，交房租都不夠，沒法過活的！我還要到奧克蘭附近幾個跳蚤市場、北岸夜市、亞洲市場去找點商機。」彷佛生命的另一個春天即將登場，范芳懷著無限的希望，滿滿的期待。

「忙得過來嗎？」

「應該沒問題。對了！前兩天我去應徵了老人院的工作，妳對這種工作瞭解嗎？」

「老人院？……」不是說搞編輯嗎？怎麼又是生意，又是老人院？……晴文有些迷惑？

「是啊！伺候老人吃飯、陪他們聊聊天，天氣好的時候，扶他們到院子裡活動活動……」看來范芳很高興又找到了另一份收入。

「哇！有點像打雜？待遇如何？一週工作幾天？孩子照顧呢？……」

「待遇？……就算補貼補貼生活吧！……孩子上下學接送，……嗯！……是有那麼點兒手忙腳亂。……」范芳吱支吾唔了半天。

一個坐慣辦公桌、身高一米五左右的小女人，既要做孩子的守護神，為了新生活，還想獨力擎天，負擔整個家計，把自己紮紮實實的緊繃著。特別是她瞳孔裡散發出的灼灼光彩，充滿信心的眼神，讓周遭朋友無不對她肅然起敬，心生佩服。

＊＊＊

「小朋友！阿姨、叔叔來看你們囉！」有一天傍晚，晴文拎著熱騰騰的紅燒蒜蓉雞肉，找到范芳的租屋。

「阿姨、叔叔！請進。……媽媽不在家，到Northcote夜市擺攤子去了。」范芳的女兒掀開門簾，在門縫邊怯怯的說。

「小芹！妳來把雞肉拿進去，晚餐時吃。」

「阿姨！我們家吃素，不能吃雞肉。」

「唉唷！對不起，阿姨忘了。……」晴文只想讓孩子們來個意外驚喜，一時間竟忘了范芳是個虔誠佛教徒。

「在紐西蘭上學開心吧！學校都適應了嗎？有沒有交到好朋友？」為表達歉意，晴文換個話題轉換一下氣氛。

「嗯……，我剛來，不論亞洲人還是本地洋人，他們都已經有自己的朋友，所以我……」小芹支吾著。

「慢慢的妳就會跟他們成為好朋友了，不著急。」「好吧！阿姨先回去了，跟媽媽說我改天再來。」怕孩子尷尬，晴文趕緊告辭。

「嘿！妳有沒有聞到一股黴味！」才踏出門外，晴文老公就等不及的湊在她耳邊輕聲的說。

「母子三個人擠在這樣低矮簡單的地方，不但屋子有股發黴的味道，在微弱的燈光下，看起來更加黑黝黝，唉！……」看了這一幕，再想想范芳的刻苦，晴文內心有點傷感。

＊　＊　＊

「哇！好累！」范芳說。

「怎麼回事？」

「工作、照顧小孩後，就很困了，還要查字典、趕作業，好累！」停了一會兒，范芳懊喪的說：「我想憑我現在的英語，也許還沒法上學?!」

「妳去上學？」晴文瞪大眼注視這個艱毅卓絕的女強人。

「是啊！我原想趕緊拿個本地學歷、經歷，也許容易融入主流，好找事，所以我……」

「唉！妳真了不起。」晴文忍不住贊佩的說。

「可是我好像錯估了。生活裡每一步腳印，帶給我的，似乎只是對未來的茫然。」范芳忍住喉頭的哽咽。

楓紅的秋天，范方帶著一雙未成年兒女，黯然的——離開紐西蘭了。

7 夢醒時分

……曉來誰染霜林醉，總是離人淚。

【元】王實甫

一

「嗨！最近見到過妮妮嗎？聽說她搬到澳洲住了。」

「見是見到了，可是她好像很忙，曇花一現就又消失了。」

「來無蹤、去無影，這些年來她總是『神祕客』似的飄忽不定，也不知她在搞啥？」

一個煙雨斜陽、天邊懸著絢麗彩虹的午後，由來讓人感覺充滿傳奇色彩的妮妮，被兩個「八卦姊妹」透過電話線，搬上了「隔空密談」的舞臺。

二

九〇年左右，當妮妮帶著當時年僅八、九歲稚子，告別家鄉親人夾雜在大批新移民的行列中，移居人間天堂紐西蘭後，為了孩子的前途、未來的美夢生活，妮妮忍受著家中沒幫手的第一代移民胼手胝足的歷史新頁。舉凡孩子課業、生活照顧、各項家務，她都要「事必躬親」的全權處理。甚至花園打理、房屋油漆，為了撙節開支，也得親力親為，雞毛蒜皮一手包辦，在在顯示出典型女強人、移民媽媽茹苦含辛的另一面。

一幌三、四年過去，除了老公偶而抽空探視一下外，只能終年仰仗電信公司，藉著話筒訴訴彼此的思念與無奈。

多少個淒冷、蕭索的無聊夜晚，煢煢孤燈下，妮妮一字一句的教導孩子功課；傾聽孩子初抵異鄉，面對不同教育體系、不同學習同儕間，喜樂、受挫的心聲；多少個風雨的午後，為了孩子加強英語課程，馳騁在多如過江之鯽、車速超高、驚險萬分的高速公路；多少個午夜夢迴、惡夢驚醒的時刻，妮妮獨自一個人咀嚼著圍繞週邊千千萬萬的落寞、艱辛，臣服於被孤寂、無助吞噬的茫然中。

雖然辛苦，但日子終究要過，路再崎嶇、坎坷，還是得咬著牙走下去。

三

「妮妮，不用怕，我們都會幫妳。」一個車禍撞毀新車、孩子受傷的星期六下午，偶然機會認識的鄉親vivian，帶著一幫華、洋朋友到家裏來慰問。

「是啊！以後需要我們幫忙就打個電話過來。」

「謝謝！」妮妮對這位剛從原居地來度假、卻熱心無比的王先生充滿了無限感激。

「Don't worry! We will help you.」專作田園造景的Paul，夾在華人堆裏體貼的說。慈眉善目的陪讀爸爸——John也開心的建議：孩子上學，我們可以輪流接送啊！

「沒事帶孩子到家裏坐坐，聚聚呀！」老婆在國內等退休的奶爸——Peter附和著。

大夥兒七嘴八舌的閒談間，另一位在愛的路上跌撞經年的Nana笑咪咪的指著自己及另一位打扮入時剛和老公分手的女士說：「妳看！我和May現在不是很好嗎？沒有老公在身邊，日子一樣可以過得很開心，四海之內皆兄弟誒！」「我還會介紹很多朋友給妳，我們會是妳最好的幫手與慰藉，別擔心。」Nana繼續說。

自此以後，妮妮與這批善心人士成了患難與共的好朋友。不僅休閒、吃喝、玩樂在一起，甚至金錢、屋舍都可以互通有無，彼此紓困。生活上有照應，精神上更是靈犀相通，契合無間。對於千里外的老公，妮妮早已放牛吃草，不再無時無刻的守在電話機旁撒嬌、要求早日過來相聚。

四

一如往常，半年、三個月才飛來紐西蘭跟老婆、孩子相聚數日的老公，直覺的發現妮妮與以往不同，好像每天都很忙，電話不斷，不時的一個人開著車進進出出。不像以前，老公一來就每天膩在一起，嘰哩咕嚕訴說不完別後心曲。

有一次，趁著妮妮在家的傍晚，老公試探的問：「妮妮，妳現在好像很忙？」

「忙?!……」像犯錯孩子被發現似的，妮妮驚詫、惱怒的重複著老公的話。

「我在這裏母兼父職，最需要你的時候，你在哪里？我的辛酸、我的苦楚，你知道嗎？」妮妮言不對題的對著老公咆哮。

「你看看Paul、Peter、Steven……，他們哪一個不比你強？到移民局辦事，幫孩子換學校，搬家打包、打掃、刷油漆、整理花園，哪一樣你做了？Paul哪一件事沒幫我？甚至他還會燒好吃的菜給我們打牙祭，你呢？——」彷佛火山爆發似的，妮妮一股腦兒的把積壓內心多時的不滿，以迅雷不及掩耳的速度迸了出來。

越說越生氣，妮妮竟然捶手頓足、氣急敗壞的大吼起來，似乎想把幾年來所有的鬱卒宣洩個夠：「Paul為了長期照顧我們母子，不惜跟老婆離婚，還買了一棟海景洋房，等著我去住。哪像你……出現個把禮拜，蜻蜓點水、度假似的晃一晃又走了，還要我伺候老爺似的，煮好吃的給你吃，陪你四處觀賞、打球，你不累，我可累死了。我不想繼續跟你過這種日子了！」

「當年我們不是說好了，妳先帶孩子過來，等我把家鄉那邊的事業告一段落，處理好錢的問題，如果你還是喜歡這裏，我們就在這個世外桃源退休、頤養天年，陪著兒孫過我們的下半輩子！」老公雖然有點不解老婆出人意表的改變，但依然委婉的解釋著當年兩人的約定。

停頓了一下，老公陷入甜蜜憧憬的說：「妳喜歡種花、插花，我愛DIY，以後我們可以一起布置我們的家，編織我們年輕時沒能完成的夢啊！我們一定會有人人稱羨的家！」

「……」妮妮一言不發的望向窗外，對於老公懇切的告白，好像一點也沒聽進去。

「他一定會跟妳結婚、照顧妳一輩子？別傻了，洋人不可靠！」老公質疑的問。「妳不要衝動，多考慮考慮吧！」好歹夫妻多年，老公慰留著去意甚堅的妮妮。

「……」妮妮還是木然的盯著嘰喳多話的麻雀，不發一語。

見妮妮仍然不說話，老公繼續說：「不要讓自己後悔喔！」

「絕不會，我提得出，就絕不後悔。」妮妮信心滿滿、斬釘截鐵的說。

「你簽字就是了嘛！……」妮妮一刻不停的緊逼著老公。

「嗯……」老公無言的落入了沉思。

五

「那天，他依協議從家鄉趕來與兒子共進聖誕大餐。席間，還興致挺高的喝了點小酒。誰知——，竟然一覺不起……。」

「他居然沒留下一句話就——」妮妮心有所感的囁嚅著。

了結了異國情緣，此刻又要被迫揮別剪不斷、理還亂、藕斷絲連的殘夢，偌大的天地間，竟然只剩下自己帶著未成年兒子「天涯我獨行」，想到這裏，妮妮不禁悲從中來，滴下了自己都不曾想過、懊喪的清淚……。

8 拔河

簾外雨潺潺，春意闌珊……。

【南唐】李煜

想當年初生之犢不畏虎，在毫無心理準備的情況下，阿寶一家捲起鋪蓋，就舉家南遷，一頭栽進人生地不熟、舉目無親的陌生環境。當走進大街，放眼一望，所見多為藍眼白皮膚洋人時，才發現事情大條、不妙了。幸好居處左鄰右舍有好幾戶來自故鄉的鄉親，解除了些許「危機感」，阿蘭，就是其中一位善心人士。

「人不親，土親。有空過來喝茶聊聊天啊！」說話大剌剌卻不失親和的阿蘭說。

「你很忙，不會太打擾嗎？」據知，阿蘭先生是個從事建築事業的商人，為了家庭生計，半年一次空中飛人式的與妻小相聚。阿蘭平時除了忙於照顧三個年幼孩子，處理家務外，一方面興趣，一方面打發孩子上學後的空檔時間，自己還從事一種洋人所謂的 China painting，在泥坯上作畫後上釉燒製；或在已上釉的瓷器上作畫，再行上釉燒製成更藝術化瓷器的工藝品技術。

阿蘭夫妻，各自用心、用力的工作於兩地，彷彿張力十足拉扯於繩索兩端的拔河賽，彼此奮戰不懈。之所以如此辛苦，無非希望阿蘭先生事業做穩了，錢賺夠了，將來團聚到此「老人天堂」共享晚年。因此，雖然妻小分居兩地，幾個月小聚一段時間，但見面時全家其樂融融，充滿愉悅。

「阿寶，我又完成了幾件作品，準備瓷藝發表會參展，你要不要來看看？」好客、歡喜分享的阿蘭總是在新作品完成後，邀約幾個朋友到家裏喝茶、喝咖啡，共同鑑賞，尋求意見。

「好啊！」幾次下來，阿寶雖外行，倒也從中學習了不少，提升了對瓷藝的認識與欣賞興趣。真的是以「瓷藝會友」！

日復一日，當孩子們的英文、學業逐漸跟上學校軌道，阿蘭先生的事業也逐步邁向高峰之際，故鄉社交應酬的頻繁，相對剝奪了一家五口團聚的時間，不同的生活模式、話題也因此漸行漸遠。

有一天……

「阿寶，有空過來坐坐。」阿寶心想阿蘭又有新成品出籠了？

「我的家具搬不回去，Garage Sale之前，你挑一些吧！」

「你要搬家？」此地很多家庭在換屋搬家之前，往往會把搬不走或用不上的家具，放在車庫廉售處理掉。

「不是搬家，是要賣房子。」阿蘭語帶憂悽的說。

「賣房子？」

「最近市面房價不錯，你想趕潮流？」阿寶不明就裡、打趣的說。

「我要回流。」「我老公的公司……」阿蘭欲言又止、有些無奈的說。

看來這場行之有年、勝負未分的拔河賽，就要被迫中止，而壯志未酬的阿蘭也不得不放手回歸原鄉了。

9 執子之手

死生契闊，與子成說，執子之手，與子偕老。

《詩經・邶風》

十九世紀九〇年代初期，一股出走潮正旺之際，當時從事於基礎教育工作的阿金，隨著家人一起來到了剛剛開放移民的美麗國度，準備一番衝刺。

「你做你的事業，我繼續學習拿教育學位。」阿金開心的跟老公說。

經過三年的拼搏，阿金如願以償的獲得了本地教師學歷、教學資格，正式走入教育行列。

由於當時移民家長的需求，阿金捨棄面對小朋友第一線的教學工作，為家長與學校架起溝通的橋梁，擔任雙語翻譯員。其間，也在文藝創作與成人英語學習方面貢獻，屢獲各項頒獎。僑界無人不知、無人不曉，可謂叱吒風雲，顯赫至極。

當然阿金的老公也不遑多讓，不讓阿金獨占鰲頭、專美於前，自行在××業界打拼出了一片天，成為龍頭老大，風光一時。

有一天，阿金與老公循例週末外出購物時……，

「今天你開車。」一向擔任司機的老公，忽然跟阿金提出不同以往的陳述。

「每次一起出門不都是你開車，為什麼今天我開車？」阿金納悶了。

打從這事發生後，阿金感覺老公的膽子越來越小，不但沒安全感，記憶也不好，經常丟三落四，疲勞、疑慮、焦躁，喪失認知能力，做事不帶勁。同行朋友、客戶交換意見時，表達不清，語意不明，讓人啼笑皆非。不同於以往經常外出拜訪客戶，而是蝸居家中，不敢單獨外出，不想幹活，成天抱怨，牢騷滿腹，難以溝通。

百思不知所以然的阿金，只好求助醫療管道。

「×先生罹患阿茲海默症，俗稱的失智症。」經過了無數次的診斷、檢驗後，醫生給了阿金一個晴天霹靂、殘酷的答案。

自此以後，為了配合醫生、護理人員的囑咐，全心陪伴老公進出醫療院所、護老院，照料其每日生活起居，阿金辭了去工作，放下往日喜好，真正實踐起老來伴的責任、義務。就這樣，鶼鰈情深的老兩口，霎時間由絢爛歸於沉寂，生活也走入了平淡。

10 年糕嫂

別人的阿君仔是穿西裝，我的阿君仔偎是賣青蚵……

五、六〇年代左右，臺灣曾經流行過這麼一首歌，叫「青蚵嫂」，無獨有偶的，奧克蘭北岸也有一位「年糕嫂」。

第一次風聞「年糕嫂」的大名，是在搬家到Forrest Hill時，但因平時深居簡出，因而無緣與她打交道。直到年前，終於得償夙願，見到了這位響噹噹大人物的廬山真面目。

「葉太太，這個年糕送給你們嘗嘗看。」

除夕的前一天傍晚，「年糕嫂」在先生的陪伴下，一身輕便的馱著滿車年糕，比美聖誕老公公的挨家挨戶分送給附近親朋好友。

「年糕嫂」生就一副磨米做年糕的大塊頭模樣，身強體壯，天天精神飽滿；

baby似的紅通通的面龐上，總是掛著親和的笑靨，讓任何人碰到她，想不跟她「嘿」的打一聲招呼，都難。然而有趣的是，「年糕嫂」既不賣年糕，也不在糕餅店打工。

「年糕嫂」移民紐西蘭約莫一年左右。當年「年糕先生」從工作崗位退休，舉家移居紐國時，是領了退休俸來的，按理說，全家吃穿無虞，夫婦倆大可翹起二郎腿，帶著孩子們在此世外桃源，過神仙眷侶生涯。但這對樂善好施、勤奮工作的夫妻，偏是閒不住，年糕先生又在電腦公司謀得高職，一週五天，每天朝九晚五的埋首努力。而年糕嫂則夫唱婦隨，相夫教子之餘，還在教會、鄰里間做義工，幫助別人。

每逢鄉親喬遷、或年俗節慶，年糕嫂特製的年糕從不缺席。就以這次過年為例，有心的年糕嫂，早已自掏腰包，準備好各式材料，趕在除夕之前，把香甜可口的芝麻年糕，一一送達朋友府邸。這個由閃亮亮的錫箔紙包裹，布滿白、黑芝麻，象徵著年年高升、燦爛前程的上乘傑作，外表看似蛋糕，吃起來卻是口感十足，如假包換的年糕。這種年糕既不黏膩，也不太甜，又有Q勁。尤其是冰過以後的滋味，像極了當年在原居地時，名聞遐邇的「元祖」麻糬，別具風味，令人回味無窮。

「老公，有人說糯米類食品，吃多了不舒服。咱們倆年紀大，年糕吃多了，不好吧！」葉太太想沾沾年節氛圍，嚐嚐這難得的應景糕點，又怕老腸胃不受用，真個是「既愛又怕受傷害」。

「聽說曾經是護士專業訓練調教出來的年糕嫂，送年糕時，還附贈『養生之道』，告訴我們如何保健，才不傷腸胃，包你吃得開心，吃得放心。」老公一邊說一邊在亮麗的錫箔紙周圍，翻找所謂的「養生之道」。

「好吧！等找到看懂了後，再吃吧！」養生有道的葉太太，等待著「養生之道」出現，等待著大快朵頤一番，等待著……。

11 風箏

兩情若是久長時，又豈在朝朝暮暮。

【宋】秦觀

「藍」離開拼博半生的職場後，帶領孩子移居海外，過清靜自然的生活去了。幾年後，妻子「芳」從工作崗位退下，結束「空中飛人」生涯，歸隊闔家團聚。從此，晨興理荒穢、蒔花、種菜、餘暇練功，成了這對相濡以沫半輩子、鶼鰈情深夫婦的養生功課。

每逢同鄉會年節活動、重要慶典、郊外踏青、季節性旅遊，夫妻倆總是「焦不離孟，孟不離焦」相偕同行。不僅享受活動帶來的輕鬆樂趣，也為社區活動奉獻所知、所能，一起打點各項事務。這種相知相惜、恩愛情誼，不知羡煞多少獨自在僑居地陪孩子讀書的「單親父／母」。

那天，健行途中不期而遇，看見「芳」踽踽獨行，不免心生詫異，於是上前搭訕。

原來，生性自由自在、不受羈絆的「藍」，雖經常與妻子同進同出，步履一致，但必要時，他還是走他的陽關道，「芳」過她的獨木橋，適度的保持距離，互相給對方「自由活動」的空間。

根據「芳」的說法：打從年輕開始，「藍」就仿若是一紙風箏，「芳」握著繩子這頭，「藍」在繩子那頭，自由飛翔，相繫相依。維繫兩者的是「死生契闊，與子成說。執子之手，與子偕老」，是寫在二人心上的那個「情」字。沒有急風勁雨，也沒有齟齬。風箏繩索該收束時，「藍」自會適時的出現。既不會斷線無端墜落，更不致迷航不歸。

這對夫妻「兩情若是久長時，又豈在朝朝暮暮。」的論調，確乎令人醍醐灌頂。

12 分手

世事一場大夢，人生幾度秋涼？

【宋】蘇軾

「分手，分手！」她嘶吼著。

「來，坐下來喝杯咖啡、好好聊聊，就別提分手的事了！」他悠悠的說。

「別扯了，你老愛瞎扯，幹不了正經事。」在她幾近咆哮的嗓音中，這場硬戰數十回合始終喬不攏的談判，顯然又一次破局了。

＊＊＊

打從十多年前，為了區區矛盾理念，開始齟齬不斷後，日復一日，她的行徑日益乖張，終至不可理喻，令人髮指。而「分手」也就順理成章的成了這對年已花甲、結縭近四十載的歡喜冤家，永恆不變的話題。把「分手」搬上談判桌，已經不計其數，但最後總是無疾而終，不歡而散。

如此這般吵鬧多年，不但戰火未歇，戰況反倒愈演愈烈、愈險峻，要想和平落幕，恐成天方夜譚了。在硬戰數百回合，談判一次又一次破局，始終喬不攏、搞不定後，她，沉迷於夜生活，流連於燈紅酒綠、紙醉金迷，結交各種華、洋友人，全然不顧子女、親友的勸諫，三不五時還帶著不同友人回家挑釁，逼迫他就範，企圖終結兩人的婚姻關係。

有一天……

「分手，分手！」當她援例帶了另一位男友回家之際，再一次對著他大聲嘶吼。

「老婆，一夜夫妻百日恩，有話好說。……」他面帶憂容、心平氣和的拉著她的手說。

「跟你說過多少次，有他就沒有你，我對你已沒新鮮感、沒興趣，不如就此分手，何必拖著難過。」她歇斯底里的狂飆。

「走，別理他，咱們住飯店去，跟他窮耗只是浪費生命。」目的未果，她憤憤的拉著男友徑直往大門出去。

* * *

一個和暖的午後，在離婚協議書上簽名，結束擾攘多時的「分手」之爭後，他，嘴角微揚，與簽約律師揮揮手，一派輕鬆的步出咖啡氤氳的小屋，迎向了長時間以來，默默的在背後給他信心、希望，填補他那段空白、枯寂心靈沙漠的綠洲——黃嫣。

13 生日蛋糕

眉尖上、莫帶星愁。

【宋】王奕

九月，在南半球正值微風中夾帶些和暖氣息的初春季節，蟄伏了一整個濕冷冬天後，每個人的心情猶如燦爛奪目的嬌陽，飛揚了起來。

那天近午時分，明霞吹著口哨，信步閒逛到附近Shopping Mall，準備買幾個麵包，隔天早上當早餐用。

「阿萍！阿萍……」連續幾聲的叫喚沒有動靜後，明霞在彩萍身後輕碰了一下。

「哦！……」永遠雙眉緊皺、一臉茫然的彩萍，從五里霧中回過神來低聲的回應。

「我看妳在這個蛋糕店門口望了很久，準備買哪一個呀？」

「我……」

「這盒很不錯誒！」明霞不改當年大姊頭姿態，聲音高亢的逕自提出建議。

「嗯！……」彩萍還是拿不定主意。

「走！先喝杯咖啡再繼續想吧！」明霞半拉半拖的抓著猶豫不決的阿萍，走向附近Coffee Shop。

也許時間還早，流瀉著柔和古典音樂的咖啡店裡，除了身材微胖，卻老愛包粽子似的裹著紫紅緊身衣、笑臉迎人的南非女老闆外，這兩個向來性情、格調成平行線，難得交集的最佳拍檔，是「唯二」的客人。挑了個靠牆、燈光不很刺眼的座位，各點一杯「卡布奇諾」後，明霞不很迷人的話匣子，啪的打開了。

「是不是家裡有誰準備過生日？」明霞沉不住氣，首先發難的說。

「也不是啦……」彩萍漫不驚心的攪動著杯子。

「那妳幹什麼老盯著生日蛋糕看？……該不是妳想開店？妳想學做蛋糕？妳想……」明霞故做幽默的打破沙鍋問到底。

「嗯……」彩萍老毛病再現。

二十年前念書時代，明霞是個急驚風兼好奇寶寶，凡事追根究柢、非弄個水落石出不可。碰到彩萍這個遇事總是擺在心裡頭，不哼不哈的悶葫蘆，常常急得直跳腳。好幾次，兩人險些絕交。到了現在不惑之年，兩個人的個性，好像沒有多大長進。雖不至漸行漸遠，但彼此的言談交流還是很難一拍即合，一次就順利搞定。

「喔！我想起來了，妳是那個龜毛、潔癖，外加行事低調有原則的處女座……」明霞口沒遮攔的習慣又犯了。

「呸呸呸！別一竿子打翻一船人，小心有人……」彩萍總是這麼謹言慎行、觀前顧後，深怕得罪人。

「妳難道不是九月生日？……」明霞忽然懷疑起自己的記憶。

「……」彩萍依然沉默不語。

「妳老公、孩子送妳什麼樣的生日禮物？花？巧克力？還是大鑽戒？……」明霞自顧自的窮追猛問，絲毫沒有顧及別人的感受。

「曾經有位朋友說：很多母親在生日當天哭泣？只因家裡電話或手機沒響……。」彩萍答非所問、悠悠的說。

「走！走！妳不是要買生日蛋糕嗎？我陪妳去挑個精緻的、好吃的。」明霞沒耐性這樣沒頭沒腦的窮磨牙，抓起彩萍的手就往外走。

輸人不輸陣的彩萍，怎可能將深藏內心隱隱作痛的傷痕輕易示人？更沒可能在老同學面前漏氣，告訴這個死黨：別說玫瑰、巧克力、鑽戒……，結婚二十多年來，即便是深植世人腦海的母親節卡片，家裡都壓根兒不曾有人想起過，就更別提生日卡、生日禮物了。逢此「母難日」，自己買個合口味的生日蛋糕吃吃，慰勞一下善感的心緒，除了療傷，也算是一種慶祝吧！

14 甦醒

興來每獨往，勝事空自知。

【唐】王維

孤獨的身影，又一次出現。

十年了，她，夕陽下長長的背影，總是不期然地出現在喜歡佇立窗前看海的我的視線裡。但沒交集的雙線道，彼此似乎不曾重疊過。

＊　＊　＊

據說，一個偶然的機會，她，隻身帶著簡單行囊，從繁華的城裡來到這個靜謐海邊，除了寫作，就是陪伴夕陽。

某天，傍晚時分，我忍不住好奇，從廳堂邊的太陽屋奔出，想跟這位彷彿心有千千結，眉宇間略帶憂容的「奇女子」交個朋友。

「你好！」我首先打開話匣子，趨前寒暄。

「嗯！你好！」似乎被我這不速之客突如其來的動作震懾了，她，嘴巴微張、靦腆的囁嚅回應。

「你很喜歡夕陽？」看她不時的瞟向橘色天際迷茫的眼神，我沒話找話說。

「嗯！」又是一個簡短的回答。

「很喜歡海？你喜歡獨自海邊散步？你喜歡一個人思考？……」我實在很想把她的內心一次全清出來。

「滾滾長江東逝水，浪花淘盡英雄。是非成敗轉頭空。青山依舊在，幾度夕陽紅。」她嘴裡嘟噥、自言自語的說。

「是的，多年來我一直考慮著……。」在我窮追猛問之下，似乎就要讓她「現形」，說出心中的秘辛了。無奈，沉重的幽思顯然戰勝了她的吐露心思，已到嘴邊的話，縮回去了……。

這天，牆壁上的咕咕鐘剛剛敲過四下，一如往常，我正舉步邁出門檻，忽然一個身影突破眼簾。沒錯，是她，穿著鮮豔欲滴的大紅衣裳，油亮饅頭似的髮髻高高懸在頭頂，向著我家矮籬邁進。

此刻的她，雖然，依舊是形單影隻、天涯我獨行，但，脂粉未施、總是帶著些許蒼白的素淨臉上多了份燦爛笑意，少了一點落寞。

從她異於昔日、堅定的眼神中，我可以清楚的讀出：她，已決定鑽出蛛網塵封、禁閉的世界，告別波濤洶湧、不時的衝擊著細細白沙的「海角樂園」，雲遊四方，過閒雲野鶴的日子去了。

15 午後時光

何處合成愁，離人心上秋。……

【宋】吳文英

客廳裡，電視兀自響著，從天明到天黑，試圖緩和寂寥的空氣，未曾稍歇。壁上掛鐘慵懶的敲了兩下時，在靜謐的屋裡，聽起來格外清晰。阿文倏地從打盹的沙發椅上站起身來，熟練的抓起身旁背包，走向大門。

「狗狗，好好看家喔！」儘管矗立樓梯口的三隻狗兒總是「無言以對」，永遠是「無聲勝有聲」，但出門前阿文還是不忘跟牠們打聲招呼，力求打破空蕩的感覺。

「二杯卡布其諾，一杯現在喝，一杯放入保溫杯帶走……」剛站上訂餐檯，服務員如數家珍般報出了阿文想訂的飲料。

「妳怎麼知道？」阿文臉上浮現詫異的神情。

「您是我們咖啡座裡的常客，不論晴天、雨天總是準時報到，買兩杯咖啡後，一個人靜靜的享受我們的香濃咖啡。」服務員一口氣說出她的經驗。

「……」竟然有人關注自己百無聊賴的舉止，阿文激動莫名，一時間竟像犯錯孩子般靦腆得為之語塞，不知如何回應，只好微笑的走向老位置，把玩手機。

那天，在咖啡座走道的另一頭出現了幾個熟稔面孔，阿文彷彿挖到珍貴礦藏似的一個箭步飛奔過去。

「嗨！Mary，你們常來喝咖啡？」阿文喜出望外，顧不得旁人眼神的叫了出來。

「是啊！我們常來這裡喝茶、聊天，妳一起過來坐吧！」朋友們開心的邀約。

「哇！我每天面對家裡空蕩的四壁，沒有人對話，你們真是我的救星啊！我一定來。」阿文期盼逃離獨居孤寂的世界，毫無疑慮的當下應允參與。

從此以後，在午後時光，阿文走進「鄉親會」，擁抱群眾，陶醉於咖啡香裡溢出的歡樂、笑聲，全力翻轉一成不變的「寂寞」氛圍。

16 退休

記得綠羅裙，處處憐芳草。

【前蜀】牛希濟

才走近行李轉盤邊，已經人潮洶湧、萬頭鑽動，看來今天是有不少飛機同時到達了。

眾裡尋它千百度，終於找到一部手推行李車。幸好她塊頭不算大，要擠進人群縫隙領行李不算太難，她想：就在這慢慢等吧，反正現在什麼沒有，時間最多。既然沒人接機，早出關、晚出關，問題不大。

「嘿！妳搭哪班飛機？怎麼突然冒出來了？」

循聲回過頭，沒想到身後竟然聚集了一堆貌似經過「微整型」、眼神裡流露出滿足光彩的當年工作死黨。

「是妳們！阿菊、阿蘭……?!」「哇！個個花枝招展、妖嬌美麗、神采奕奕。奇怪，當年帶升學班時，彷佛秋天飄零的落葉，令人心疼的憔悴模樣，現在都到哪裡去了？跟以前不一樣了誒？」興奮、激動之餘，忍不住要虧一下當年生死與共、互拼戰績的團隊姊妹們。

「那是當然囉！媳婦熬久了，終要變成婆吧！哪可能一輩子委屈在上煎下熬的人間煉獄裡拼升學率，當醜小鴨？」

「我們雖然沒妳好命，中途可以落跑，但退休了，總要慰勞慰勞自己吧！」

「妳最不夠意思啦，移民出國後就人間蒸發，也不聯絡一下，每次聚會，獨獨缺妳一角。」

同學會似的，你一言我一語，完全忘了曾經為人師的形象，忘了置身於國際機場，又笑又叫，好不熱鬧。

「你們怎麼出現在這兒？這次輪到給那一國交稅去了？」鬧了半天，她還沒搞清楚這些死黨們，這次又浪跡何處去了。

「妳忘了？就是大夥兒合組、妳也預繳了會費的長青團，出國旅遊、振興世界經濟去了呀！當時不是說好，每年交會費一千元，退休後就一塊兒雲遊四海，也印證一下所學，有沒有誤人家子弟啊？」

「我們是真正的實踐者，繼九寨溝後，跟著長青團東轉西轉跑了幾個國家，什麼絲路、環球影城、星光大道、三藩市大橋、馬雅文化、埃及人面獅身、木乃伊……。還真長了不少智慧呢！」

「我們可是在好幾個國家的星光大道上，留下美麗的足跡囉！喂！妳不是說好了跟我們一塊兒跑嗎？」

「是啊！妳現在不也從貴寶地的高中退休了嗎？快歸隊呀！別搞失蹤了，小姐！」淡淡腮紅襯托下，雙頰略顯豐腴的瞇瞇眼阿霞，發出通牒警告逃兵了。

好友們，一個個輪番上陣，眉飛色舞、口若懸河的敘述著這些年來遊歷過的地方，走過的國內外大、小城市，見識到的各種文化、社會。

她，傾聽著這些月擁豐厚收入的「退休貴婦」，興致盎然的高談闊論她們精彩的「退休生涯」，確實令人既羨慕且嫉妒。

然而，僑居地政府月付台幣兩萬多塊的養老金，套句俗話說……生吃都不夠，哪來的曬乾？偶而買張機票回國省親，已經很奢侈了，談什麼「周遊列國」，還是在家獨枕「神游」之樂吧！

17

送禮

絮從拋，鶯任老，拼作無情，不為多情惱。

【清】高顎

矮牆邊上小院門，熟悉的嬌小身影倏的閃了進來。

「阿P，下午有沒有空，去喝個下午茶、逛逛街，如何？」收拾好碗筷，步出廚房，靠在太陽屋沙發上，正準備歇歇腿，讓緊繃一上午的神經舒緩一下，阿珍竟出其不意的出現。

「喝咖啡？逛街？這麼有閒情？……難不成又要上Stevens、Brisco去買什麼禮物吧？」一面邀請阿珍入坐，一面不經心的隨意問了一下這個爛好人老友。

根據經驗，除了上班路過，無事不登三寶殿、難得隨意串門子的阿珍，會突然造訪，應不僅僅是為喝杯咖啡這檔小事?!

「嗨！真是越來越聰明了！……喝完咖啡，幫我在廚房用品上出點主意吧！」阿珍故做幽默、夾雜著詭譎笑聲的回應。

啊！我究竟該為自己精准的第六感鼓掌，還是……。

「喂！沒搞錯吧，二個月來這是第三次聽你說買禮物了，又是誰過生日？還是誰搬家啊？」出國後，好不容易紅白帖子比國內少了，卻老聽阿珍送禮，還真有點納悶呢！

「還不是我們部門的頭子S，要在她家搞什麼House warming party！」

說來奇怪，洋人只要換個房子，管他是買新家，換租屋，總要來個Party。哪怕是入籍通過，拿個公民證；孫子過生日，也要辦個celebration，邀請親朋好友，大夥兒喝喝酒，BBQ一番。

「你人緣也太好了吧，這個朋友邀，那個朋友請，送禮送不完。你豈不是經常要絡繹於途，為參加這個活動、那個Party忙不完了？」我對阿珍有這麼多朋友邀約，坦白說，還真有點欣羡不已。

「這……你就猜錯了。」阿珍頓了一下，說。

「猜錯了？妳該不會是禮到人不到吧？」

「正是！一則，同事們家距離遠，晚間交通不便；再則，英語不靈光，沒話題，沒人跟我聊天，幹嘛坐冷板凳，沒啥意義。」

「那你為什麼這麼多禮，不送就是了？」我心疼白花花的銀子，打水漂兒似的，一張張丟出去，卻得不到一丁點兒迴響，憐惜的表示。

「這你有所不知。請聽聽我同事說：Thank you for your gift and friendship!」一語未完，阿珍大氣不喘的繼續說：「花一點錢，可以得到同事們的友誼，多贊啊！」

「平日上班，同事們因為我英語不靈光，他們沒興趣和我聊天，我沒有朋友；在家，宅男、工作狂老公，除了電腦工作，就是鍾情於武俠小說，閒暇時刻，終日沉醉於飛簷走壁；此外，散步、出遊，沉溺工作壓力，總是興趣缺缺。令我這只要出門逛逛就好的人，深感無語。」阿珍喪氣的說。

「長久下來，除了上網、看電腦，不養寵物，沒有含飴弄孫的需要，沒有消遣，沒有交際。下班之後，成天窩在家裡，你想：我哪來的朋友？這是爭取友誼、開發人脈的機會啊！我能不把握嗎？」阿珍顯然找到了一個很自得的出口似的，一口氣發表了她的高見！忽然，……我鼻頭不期然的發酸起來。

哇！阿珍，妳這是哪門子哲學呀！「送禮」竟是為了爭取所謂的「友誼」、「人脈」。新鮮?!絕妙?!

18 老大

世路如今已慣，此心到處悠然。

【宋】張孝祥

一

一場雷陣雨之後，空氣裡嗅不出一絲絲寒意的下午，沉重的眼皮，慵懶得幾乎挪動一下都感覺困難無比的亞琳，靠在茶几邊，無聊的翻讀著有點兒開始想要泛黃的集子，一頁一頁的用銀光筆劃線，標出重點，好像正忙著收集什麼資料……。

二

「教師節當天我們準備召開×××教學研討會，你是不是可以幫個忙，談談妳的專業，概覽紐西蘭的×××教育。」距離教師節個把月前的一個「社區聚會」

裡，教育小組的張理事、林理事聯袂向亞琳提出這樣的信息。

行事低調、骨子裡若隱若現夾雜著拘謹、又有點豪邁個性的亞琳心想：有人器重，把我當「學者專家」邀請去做「專題講座」，簡直不可思議。活了這麼大半輩子，竟然生平第一遭有人如此「慧眼識英雄」，難道是「千里馬」遇上「伯樂」了。如果放棄、甚或拒絕，合適嗎？但面對如此嚴肅的學術討論會，亞琳實在是又愛又怕受傷害。擔心如果演講做不好、搞砸了，丟人現眼事小，相對的豈不也糟蹋了「一世英名」，往後恐怕⋯⋯。

就在思前想後折騰了半天後，亞琳心裡依然七上八下、拿不定主意，只好怯懦的回答二位造訪理事，說：「嗯──，好是好，但我沒見過這麼大場面，有點怕誒！」

「妳的研究成果不是獲大獎了嗎？融合妳的經驗，稍加整理，口頭上發表一下就是啦！」

「這樣吧！把妳的研究大綱給我，我把它製成投影片，會場上妳邊放邊說，既可提醒自己、又可緩和妳的緊張情緒，就試試看吧！」張理事半鼓勵、半勉強的說。

「是啊！初試啼聲就一舉中獎，驚動博士大老錯愕不已、捶手頓足，這樣一部紐西蘭史無前例的學術成果，就貢獻出來，跟大夥兒交流、交流吧！」林理事在旁敲邊鼓、恭維的嚷嚷。

恭敬不如從命的情況下，亞琳接下了這份「教師節獻禮」的重責大任，並認真的閱讀、整理相關資料。

三

「我是負責您交通、茶水、午餐……的專員，張阿姨說您需要什麼儘管吩咐。」會議當天九點不到，一位開著奶黃色小跑車、臉頰堆滿笑容的小姑娘，已經穿待整齊的在門口按鈴，準備接「講座講員」赴會。

「這是您的名牌、座位，請坐，休息一下。」又一位掛著「服務員」的小男生走過來招呼。

「我是××報社記者，可不可以跟您談談今天的講題。」

「原來當『老大』的滋味竟是如此的甘甜，這樣的讓人目眩神搖，難怪每個人拼了老命都想嚐嚐當『老大』的感覺。」亞琳走在路上，嘴角泛著前所未見的笑意，更像剛剛吃過冰淇淋的小朋友，舌頭不時的舔著留在唇邊甜滋滋的味道，一幅得意、如入五里霧飄飄然的感覺，幾乎讓她蹦跳起來……。

19 寰宇大師

聚散匆匆，此恨年年有。

【宋】魏夫人

某天，吃過晚餐，電話線那頭傳來佩玲高亢嗓音。

「阿芬，婦女會情商屢獲國際大獎的×大學教授、一級師傅，週末專誠漂洋過海來教大家六道家常名菜，寒冬送暖，又可聚在一起學廚藝、話家常，一塊兒去，如何？」

「好哇！八月的南半球，寒風蕭瑟，能來碗熱騰騰的「薑母鴨」、「麻油雞」，真是既溫暖且補身子。何況很久沒學新招式了，就去報名參加吧！」阿芬爽快的答應，決定跟佩玲共襄盛舉。

「快進去，我們遲到了。」

剛跨入堆滿烹飪食材、鍋盆碗瓢的會場，佩玲就迫不及待的催著阿芬。

「哦！那位教授好面熟。」才坐定，阿芬輕碰佩玲手肘，低聲說道。

「嗨！果然是妳，變成國際總鋪師了？」主持人才宣布中場休息，阿芬已經奔向講臺跟教授攀談起來了。

「你們……認識？」一臉狐疑的佩玲瞠目結舌的問。

「是啊！阿芬是我同學，更是個佳餚點子王、萬能食譜，滿腦子都是餐點主意。」他鄉遇故知，教授興奮的搶先回答。

原來，高中求學時，阿芬就熱心貢獻她的「饌食頭腦」，不論中西餐點，只要她懂的，有求必應，經常幫助同學們渡過烹飪課難關，簡直就是班上的得分救星。

當年的「學霸」美齡，除了學科出眾外，疏於烹調、五穀不分，上家政課，簡直就是她無以言喻的夢魇。看到家政教室流離臺上的青菜、肉類，既沒想法更沒興趣，因此，每逢上課必主動要求跟阿芬同組，讓她來幫忙解決困擾，甚至只求低分掠過。

不料，此刻受邀在臺上一步步講解調理絕竅，巡迴世界傳授廚藝、推廣美食的寰宇大師，竟是當年接受臺下阿芬家政課奧援、同學戲稱「廚房無感」的美齡！

20 相親

寒來暑往幾時休，光陰逐水流。

【宋】張掄

五月，春暖花開，一個溫馨的季節，撲鼻的鬱金香花粉散播寰宇，帶著母愛的滋味，直教人無由抗拒。這個時節裡，多少荳蔻少女，在父母的輕挽下，步入莊嚴神聖的禮堂，踏上人生的另一里程。

＊＊＊

二〇一三年，阿丁夫妻接受好友阿珍的邀請，坐上渡輪前往風光明媚的小島，參與了一場溫馨的特別婚禮。當天的與會者雖非冠蓋雲集，但別開生面、基督教儀式的典禮，聚集了不少鄉親好友。

隔日……。

「×太太，這個週末我想邀請賢伉儷到家裡喝茶閒聊，不知是否賞光？」通過電話，前日一起參加婚禮的陳太太說。

「可以啊，但會不會太打擾了？」對於一面之緣朋友的邀請，阿丁確實有點受寵若驚。

「我家小犬已達適婚年齡，目前在家幫忙打理公司業務，我想在週末時，兩家一起吃個便飯，讓他跟令嫒交個朋友，你們意見如何？」陳太太單刀直入、明白的表達其用意。

在與這位從事果園貿易的新朋友敲定適當時間、地點後，阿丁心中暗喜，終於可以一償數年來隱藏心頭的夙願，幫家裡適婚的大閨女找到婆家了。

＊＊＊

「老伴，不是說好十二點在餐廳門口見嗎，已過半小時了，怎麼還不見陳太太一家人？」阿丁老公為這不守時的約會低聲嘟噥抱怨。

「別急，也許路上堵車吧！」阿丁萬般期待這樁美事成功，溫柔的緩頰，安撫心生不悅的老公。

「×先生、×太太，你們已經來了啊！」陳太太對於遲到之事絲毫不以為然，好像一點致歉之意都沒有。

「來了就好，我們進去吧！」阿丁客氣的吆喝著說。

席間，阿丁除了仔細的上下打量面前的大男孩外，對這個已屆不惑之年依然獨身的「準女婿」底細，更是充滿好奇，緊抓住陳太太一家「聊」個沒完。

「令公子，……」雙方家長口沫橫飛，聊得不亦樂乎時，男孩一言不發的悶頭用餐，壓根兒沒有開口參與交談的機會。

「×太太，飯後找個可以聊天的地方喝咖啡，讓兩個孩子聊聊，如何？」看來陳太太意猶未盡，確實想「續攤」促成這段良緣。

就這樣，阿丁女兒在櫃台付完帳，大夥兒離開餐廳後，一起移師The Coffee Club，繼續「聊天」。

＊＊＊

「這位陳先生一點誠意都沒有，參加飯局卻衣裝邋遢，心不在焉，吃完飯、喝完咖啡不買單，相親還要女方請客，真不懂事，道道地地的媽寶。」阿丁老公嘀咕著。

「是啊！顯然不懂社會文化，沒意思。」阿丁女兒附和的說。

哇！阿丁的萬般期待落空了，女兒只能繼續「待價而沽」了。

21 結婚照

往事莫沉吟，身閒時序好，且登臨。

【宋】章良能

「媽！妳來幫我看看！」「媽！這家好不好？」

「媽！這款式怎麼樣？挽起頭髮，還是長髮披肩？……」

一個週末的午後，女兒喜孜孜的從外面抱回了一堆婚紗公司廣告，邊翻著美麗的畫頁，邊詢問閒散的坐在太陽屋裡喝下午茶的雪莉。

「媽！我要為這一生一次的人生大事，留下美好回憶，您說呢？」女兒為了做個美美的新娘，結婚前夕，確實花了不少時間和心思張羅婚紗、照相。

「當然囉！人生每一個階段都有它的重要意義，可不能留白啊！」雪莉同意女兒的意見。過了一會兒雪莉繼續說：「過些天，我和你爸爸去買部V8攝影機回來，幫你拍卷紀錄片。」

「謝謝媽！」女兒依偎在雪莉身旁撒嬌的致謝。

「媽！您們那個時代，結婚禮服是紅色還是白色？有捧花嗎？是不是九十九朵玫瑰？……」女兒興致盎然的問個沒完。

「嗯！……有人穿復古式紅色禮服，也有人穿西式白紗禮服，應該是依個人喜好吧！捧花嘛？好像有緞帶花、真花，還有……」雪莉若有所思的想了幾秒鐘後，不是很肯定的回答。

「我想穿白紗禮服，把長髮挽起梳成公主頭，再戴頭紗……」女兒繼續她的意見。

看女兒滿溢幸福、神采飛揚的臉龐，雪莉偷偷的向鏡裡瞧。看到自己布滿人生閱歷、爬滿歲月痕跡的面容，心裡暗自喟嘆：「是啊！媽媽何嘗不想捕捉住這最美的時刻，甚至希望時間的輪軸最好就停格在這一剎那間……。」

＊ ＊ ＊

往日情懷，像慧黠的精靈，突然在雪莉跟前不斷的擠眉弄眼，昔日黑白的畫面，無法抑制的一再倒帶、重播。

回想三、四十年前……

當雪莉怯怯的徵詢母親意見，想跟一文不名的阿清結婚遭拒，不得不忘卻美麗捧花，放棄家人的祝福，離開熟悉的城鎮，與心儀的阿清，黯然奔向遙遠異鄉，尋求幸福美夢時，雪莉已失去了女孩子夢寐以求的「白紗禮服」與盛滿一輩子美麗回憶的「結婚照」。

22 聚散依依

此地一為別，孤篷萬里征。浮雲遊子意，落日故人情。

【唐】李白

當學校驪歌唱完，一群夥伴們為了各奔錦繡前程，分道揚鑣了。

當年星空下的稚嫩囈語，池畔的嬉笑怒罵，教室裡的埋首鑽研，剎那間，都成了過眼雲煙。青春年少的夢幻，竟是這般的脆弱，禁不起時空、歲月的荏苒，彷彿褪色、凋零的落瓣，漸次沒入田園，化做春泥。此刻彼此再見，雖不至雞皮鶴髮，龍鍾老態，但卻一個個星鬢點點，容顏失色，不復昔日的亮麗、璀璨了。

「哇塞！一點也沒變。」阿麗詭譎的說。

「你該不是哄自己吧！」永遠嘴巴不饒人的阿秋，故態復萌，調侃的說。

「聽我把話說完嘛！我是說：你還是這般嬌小，沒長高。」阿麗強辯著說。

一、二十年沒見，真正沒改變的，該是難移的本性。瞧！木訥的還是嫻靜少言，當個忠實聽眾；巧言善辯的還是那麼呱噪，有說不完的話題，炒熱全場氣氛，是聚會時少不了的甘草人物。

「走！走！走！別老是杵在這兒，大夥兒好不容易才見個面，帶你們去見識一家棒透了的火鍋。」老班頭阿成提議。

「光是站著說話，我已經油光滿面。你看！阿胖的背上，就像掛著幾十個壞了的水龍頭，不停的滴水，還折騰她……吃火鍋？」阿琴指著綽號阿胖的文婷大叫。

「火上加火，有沒有搞錯？」一向低聲細氣，賢淑氣質的慧文，囁嚅的聲援說。

幾十個老同學，有的贊成，有的抱怨，七嘴八舌僵持半晌，終究不敵老班頭的權威。一聲令下，大隊人馬，浩浩蕩蕩開往師大路旁，裝潢雅致的××火鍋店。

「好涼！好涼！」佇立角落，一部特大號、廂形冷氣機，瞬間擊退了滾滾熱浪。

「不熱了？」該死的老班頭，慢條斯理、揶揄的說。

「嗯！還是臺北好，八月天吃火鍋不熱不說，居然還挺舒服的。」剛從罕見冷氣的紐西蘭回來，一直是聽候「差遣」，不知下一步該如何的阿芳有感的說。

「來，聽聽放逐異域的甘苦談！」促狹阿秋又開腔了。

「什麼自我放逐？貶謫？真是一群食古不化的老頑固，阿芳是去取經。」死黨阿珍瞅著阿芳瞇笑說。

阿珍說得沒錯，為了學點新本事，把原有的兩把刷子磨得更亮；為了在他鄉混口飯吃，多少精英碩彥，放下行囊，換上書篋，讀書去也！一年復一年，一個學位又一個學位，碩士論文才寫完，又遞上博士計畫，宇宙間彷彿只有讀書事，大地間似乎只有讀書人，皓首窮經已然成為這一代新移民的大業，人人樂此不疲。

「喂！喂！喂！發什麼愣啊？你真的想不開，還想當蛀書蟲啊？」阿琴打斷了阿芳的思維。

「工欲善其事，必先利其器。抓雞也得先蝕把米啊！」

「幹嘛？阿芳是去白雲故鄉開養雞場，還是開磨刀廠？……」阿文話還沒說完，一幫人已笑彎了腰。

唔……。你們那裡知道，時下餐館侍應生，工廠作業員、工程師，學校教書，哪一項不是一位難求。不是機會太少，就是要求不同。如果能加強自身條件，不但用不著回流，或許還可融入主流，躋身kiwi世界，三餐溫飽。阿芳腦海裡私忖著。

「奧克蘭有沒有火鍋？口味肯定沒這麼好吧！」

「阿芳，你真的是魯賓遜漂流荒島？」

「多吃點，這家火鍋可是出了名的好吃喔！」

「下次什麼時候回來？大夥兒再找個地方聚聚！」

「對！吃遍臺北名店。」

「就別走了，留下來吧，臺北不錯呀……。」

頓時，一股暖流填膺，胸臆間塞滿了同學們的溫情，但……喉頭卻有點緊。阿芳想：更換水土的人，真是像Bar臺上養的九層塔一樣，長不好嗎？真的月是故鄉明？西出陽關無故人？

「請君試問東流水，別意與之誰短長。」繞了大半個地球後，心裡的感觸，竟是這般，聚——散——依——依。

23 寄琳琳

悶熱的午後，空氣裡嗅不出一絲風的氣息，全身黏呼呼的，直想打盹，叫人無精打采。

「走！走！澆水去。」琳琳話別睡神，慵懶的隨著老公上工去了。

打從去年底新居落成開始，每天傍晚下班後，Michael便蹓狗似的拉著上了一天班後、昏昏欲睡的琳琳，在肆無忌憚秀著獨輪舞的太陽公公陪伴下，探看別後一日的新屋，是否完好無恙，並與乾旱欲裂的草地征戰……澆澆水、拔拔草。希望無緣居住的、待價而沽的紅樓，因著賢伉儷充滿愛心的維護，更形俊俏、迷人，吸引賞識的買主上門。

「不是猛龍不過江。」

「沒有三兩三，不敢上梁山。如今卻落到駐守海防（釣魚），輪值銀行（領利息過日子）的境地。」

「是啊！地廣人稀，生意也不好做。」一臉困惑的莎莉囁嚅著。

「看來，投資房地產，保值就是賺錢了。」鄰居王太幡然醒悟似的說。

長久以來，茶餘飯後，朋友們閒聊的話題，除了孩子教育、語言、生活適應外，總不離工作、就業或投資問題。事實上，除了早期少數鄉親，在辦學、保險業務上有成就，及部分大財團投資Mall、高爾夫球場較為出色外，其他投資散戶，則多半關注在房地產。

由於盈虧更迭，房屋市場利多利空輪流轉，因此獲利賺錢的朋友，也確實不在少數。正因如此，著實讓琳琳賢伉儷興奮不已，好幾次思索進場。終於在心動不如行動的一念之間，大把辛苦積攢、白花花的銀子，如數投進新屋建造工程裡去，時髦的、虛榮的權充起投資（機）客了。

人算不如天算，一陣金融風暴，刮得亞洲經濟東倒西歪。加上一些無法預期的客觀因素，紐西蘭房地產承受池魚之殃，震盪得人仰馬翻。在鋒面的摧枯拉朽之下，滯銷、斷頭呼救之聲，不絕於耳。

不幸的是，在使出各種絕招，力挽狂瀾，仍不得其門、招架不住時，小本經營的琳琳，眼看即將血本無歸，「財」「利」雙失了。為了解套，不被困住，除了請售屋公司降格以求，低價促銷外，閒暇時候，夫妻倆扮演著守株待兔的農夫。心想：只要持之以恆，天天Open Home，總有一天等到中意的買主。

「不是待兔，是釣魚！」一位朋友打趣的說。

可不是嗎？放了長線、魚餌，等待大魚上鉤，還真符合了「姜太公釣魚，願者上鉤。」

遺憾的是：每個週末，琳琳兩夫妻郊遊似的，帶著茶水、點心到新居open home，等待機會時，東西都吃得差不多了，陪侍在側的幾本書，也看得二眼發直了（天知道究竟看進腦袋了沒？），甚至扛過去的高腳凳，因坐立不安，被搖晃得支離分解後，雖然曾經清晰的聽過幾次汽車嘎然而止煞車聲響，卻都是隔鄰的貴賓訪客。最後，依然是憂心忡忡，失望的高唱『等無人』（臺灣民謠），悵然離去。

琳琳，不知你是否聽過這樣一則故事：住在鐵道旁的一戶人家，養了一隻狗。每當火車轟隆轟隆疾馳而過時，矯健的狗，便衝著火車猛追死趕。日復一日，狗兒終究沒追上過。女主人說，追上了怎麼辦？男主人無聊的回答：追到了又怎麼樣？

的確，追到了又怎麼樣？琳琳，你不也盼望多時，希望再擁有更多房子，租人、當寓公（房屋投資客）賺錢嗎？如今……，追到了又怎麼樣？

套句梵語：菩提本無樹，明鏡亦非台，本來無一物，何處惹塵埃？

琳琳，對我們來說，在不全然明白房市遊戲規則之前，也許我們都還不適合操這份心吧！

24 洋爸爸

……風裡落花誰是主，思悠悠。……

【南唐】李璟

週末，蟄伏了近一個星期的太陽公公，終於露出半個笑臉，步履蹣跚的向晨風中的阿公阿婆Say Hello來了。

「姨婆早！」矮牆後面正鬥著小黃狗玩的安安，眼尖的發現素雯後大聲招呼。

「安安，早！今天不上學啊！……」素雯停下腳步回應著。

「孩子放假不上學！進來坐坐吧！」梅伶一邊從屋裡出來一邊說。

「姨婆，我問妳喔：妳看洋爸爸怎麼樣？」趁著梅伶進廚房去沖茶，小安安神祕兮兮的趴在素雯耳邊輕聲細語的問。

「什麼羊爸爸怎麼樣？你們家買羊了？……」沒來由的問題，問得素雯滿頭霧水。

「不……不……不是啦！我是說那個Uncle Peter……，就是那個……我媽下個月要跟他結婚的Uncle Peter。」小安安有點急了，圓睜著長睫毛大眼，結巴但音量越提越高的說。

「哦……妳說妳媽那個法國朋友？」素雯忽然開竅似的想起來了。

提起那位法國佬Peter，是幾個月前，梅伶在偶然的派對中結識的新男友。五十開外，有著滿頭捲髮、高聳鼻樑，配上古銅色皮膚，雖不能說多帥氣，但一面之緣後的印象是：還算和善。目前任職於某大型公司，十足的朝九晚五上班族。

＊　＊　＊

素雯想：小孩子未必能全然理解大人世界，與其正面回答小不點的棘手問題，不如讓她先聽聽和她同樣背景的故事後，自行思考、判斷吧！畢竟每個人的際遇不同，別人是沒法告訴她：未來究竟該怎麼做？更無法預估最終的結果會是如何？

「安安，這樣吧，先讓姨婆跟你說個故事吧！」

停頓了一下，素雯對著廚房說：「梅伶！不用沖茶了，我跟安安到院子裡坐會兒就走。」

「好吧！我正給Peter準備上班的中餐，改天有空過來喝茶、聊聊吧！」素雯才知道，原來法國佬也住在這個屋子裡，幸好自己沒冒冒失失的衝進去。
「走！我們到院子裡，妳坐下來，邊吸收早晨的芬多精邊聽故事好不好？」
「好！好！姨婆到這兒坐。」說到聽故事，安安連蹦帶跳的搶先一屁股坐上玫瑰花邊的大石椅，等著姨婆開講。

＊ ＊ ＊

霎時間，素雯走入了時光隧道。那是十三年前的事了——
有一天下午，大夥兒打完羽毛球休息時，容珍走過來說……
「在紐西蘭待了近半年，還蠻喜歡這裡的，我很想也申請移民居留。」容珍面帶笑容，語氣和緩的說。
「很好呀！妳的資格符合移民要求，又沒小孩，條件單純，辦起來應該不難。」我樂觀其成的回答。
「不，我想把留在我媽那兒的兒子接過來上學。」容珍充滿母愛的說。
「兒子？……」老公呢？留在國內賺錢？難不成又是一個「空中飛人」？我滿腦子疑惑，可是話到嘴邊又吞了回去。「那就試試吧！……」我鼓勵的說。

＊ ＊ ＊

「素雯，好久不見。這是我先生Colin，這是我兒子Simon。」多年後某天在Foodtown，容珍笑容可掬的介紹站在身旁的一大一小、一中一西，兩位陌生人。

「嗯！……」此情此景，令我「霧煞煞」不知從何回話，支吾了一下。真是士別三日，刮目相看。

「我的移民申請通過後，立刻把兒子接過來。接著找到工作……」容珍也許讀出了我眼神中的問號，一口氣自爆了一串別後「大事記」。

「Simon上幾年級？來多久了？習慣這裡的生活吧！」我為了掩飾自己驚異、突兀的神情，顧左右而言他的轉向孩子說話。

「媽媽告訴我很多有關這裡生活的事情，爸爸教我英語、學校功課，我很喜歡這裡。」看起來個頭不算小、略微靦腆的男孩客氣的回答。

「爸爸……？」話剛出口，我趕緊打住。

「是啊！Simon過來不久，語言還不行。Colin是本地人、英語好，他負責教孩子英語。」從容珍的補充說明裡，我明白的了解到：那位洋人應該就是Simon的繼父。

「姨婆，媽媽叫我吃早餐了。」

「安安，先去吃早餐吧，故事下次說囉！」安安把素雯從記憶深淵中拉了回來。

＊　＊　＊

華洋通婚，在這個多元的移民社會，一時間蔚為風潮，是好？是不好？見仁見智了。

25 等待

……誰見夕陽孤夢，覺來無限傷情。……

【後蜀】毛熙震

八十開外的John，是小鎮裡的英文老師，平時不僅熱心社區教育，對於身患「阿茲海默症」，缺乏生活自理能力的妻子Mary，更是凡事親力親為，照顧得無微不至。一、二十年來，雖與兒孫同住在一個屋簷下，但老妻的食、衣、住、行，長年由John事必躬親的打理，絲毫不假手他人。除卻每天「晨昏定省」、例行散步外，還要陪著Mary談話。甚至三不五時拜訪親友、閒話家常，避免她與社會脫節，而失去人際關係，失去記憶。

洋人世界裡罕見的「三代同堂」就在彼此關照中愉快度過了。

＊＊＊

「媽，天氣晴朗，我們一起出去走走吧。」十多年了，為了幫老太太解悶，孩子們總在週末安排全家一起外出踏青。

「好！」Mary爽快答應。

「John呢？等他一下。」上車坐定，正待發車，老太太忽然想起老公還沒上車，急切詢問。

「媽，爸爸今天不能去，我們走吧！」兒孫們和顏悅色的哄著Mary。

「不，不，不，我們等John來。」

固執的老太太堅持等John一起出遊。

＊＊＊

「John是不是生我的氣，為什麼最近不陪我散步、出遊？」

「John是不是不愛我了，怎麼不陪我吃飯，睡前也不來看我？」

那天，當兒子、媳婦循父親往例，推著輪椅陪Mary外出閒逛，沐浴於落日餘暉時，老太太微弱的聲浪裡透露出略顯委屈、哀怨的牢騷。

「媽，您不要多心，爸爸確實有不便，以後就由我們來陪您。」怕觸動老太太不安情緒，孩子們低聲、溫柔安慰。

她低頭無言，就是要等John來……

至今依然被蒙在鼓裡的Mary，殊不知：心臟手術後，長期吃藥保養的John，已在幾個月前因心肌梗塞突發，與世長辭了啊！

26 老境

……守著窗兒，獨自怎生得黑。……

【宋】李清照

一個微雨的週日，吃過早午餐後，跟老伴順道探訪移居安養院的庫克太太。闊別數載後，首次拜訪，因此，我們老兩口特地轉到超級市場選購些庫克太太愛吃的巧克力、三明治、果醬、果汁，外加一大束洋人喜愛的五彩繽紛鮮花，準備給這位老友遺孀，來個意外驚喜。

經過九彎十八拐的長廊走道抵達老太太優雅的單人房時，巧遇另一位每週不定時探訪的老鄰居裘迪也在場。當她發現我們攜帶大包小包時，立刻擋駕，要我們把食物放在門外，不要拿進房裡，避免誘發庫克太太正值驚險的五臟六腑。

「庫克太太有胃部問題，不能自行進食，只能靠一天二次的胃管餵食。」裘迪面帶憂容的說。

話說這對多年老友——庫克先生、太太，是早期由英國移民紐西蘭的海軍退役家族，也是我們搬進這個小鎮時，幾戶熟識鄰居之一，和我們共同經歷了二十多年文化、語言摩合、亦師亦友的相知歲月。

好景不常，數年前，庫克先生在一場車禍中，天人永隔。而他們的兒女跟一般洋人一樣，散居各處，週末才回家探視老母、陪老人家共進晚餐一次，平時只有庫克太太守著一屋子空寂。

四年來，庫克太太的健康狀態每況愈下，終至自理困難，不得不離開自己家園，由政府輔導，住進具備完善醫療設施的安養院，請專職醫護人員照顧她的健康變化，打理每日生活起居。

但，再多的的關心、再多的閒聊，在短暫的探視後，親友們都得告辭，留下來陪伴老太太的，除了一架電視、緊急鈴、滿桌子框框架架的家人照片、一張張問候的卡片、鮮豔欲滴的花束、醫護人員定時的診療外，就只有無邊無盡的孤寂、落寞。

俗話說：「老境堪憐」，就是這樣嗎？

27 芳鄰

儼然mini storage的候機室裡，人聲鼎沸。四周玻璃帷幕、不甚大的空間裡，到處閒置著大大小小的包袱、行李。若不是耳邊不時傳來飛機轟轟然的起降聲，請乘客登機的廣播聲……，還真以為走入了競標拍賣場呢！

過不多時，「呵呵……」、「ㄜㄜ……」。場景又改了，彷佛走進了開學第一天的幼稚園，小孩嘻嘻哈哈、追趕跑跳碰撞聲，大人吆喝、安撫聲，此起彼落，好不熱鬧。

正看得出神，「ㄚㄚ……」，座位邊忽然竄出個小頭，朝「左鄰右舍」猛笑示好，讓人受寵若驚。特別是那種金毛洋娃娃，的確叫人有股衝動，想伸手去抱抱。

俗話說：人來瘋。不管洋人、華人小娃兒，都有這樣一個特點。你順勢的回眸逗弄他／她幾下，他／她就樂不可支，不斷的在你周遭出現，跟著你玩鬧，甚至拖著小鞋子的腳丫子，也毫不客氣的磨蹭在你身上。時而當你是Rugby對手，踹兩腳；時而轉換為拳擊沙包，猛捶你幾下；弄疼了，兩行熱淚直流，儼然受了多大委屈似的，害得跟著玩的大人，還得忙著賠不是。雖不至於搞得你灰頭土臉，但確乎有點兒讓人招架不住、無所適從，不知該如何應付是好。

「這是……登機時間，請商務艙、頭等艙及攜帶五歲以下小朋友的乘客準備登機。」廣播系統響起，準備登機了。這時真恨不得自己也是VIP的一員，可以趕緊逃離喧鬧的、尷尬的場合。

「經濟艙乘客……」嗯！終於輪到我了！如獲大赦似的，三步併作兩步，飛奔到登機口。「32H，32H……」深怕寶座被搶似的，口中念念有詞的進入機艙後，鷹眼般急速的搜尋著屬於自我的天地。

「好！不錯，靠走道，進出方便不受限，終於耳根可以清靜一下了！」卸下千斤擔般，滿懷舒暢的攤開毛毯、掛上耳機，準備閉目養神，釋放身心。

剛坐定，「就這兒，座前有嬰兒床，好吧，先把Mary放下。……」耳膜隱隱約約傳入似曾相識的女士自言自語聲，小babyさささ、乳臭未乾的牙牙學語聲。

用力的，聚精會神的傾聽，哇！沒搞錯吧！那位如假包換不斷製造「音效」的「磨蹭」小洋娃兒，居然就是我「快樂出航」的芳鄰。

28 意外

……山盟雖在，錦書難託。……

【宋】陸游

幾個弟兄姊妹教會崇拜完後，經常相約到附近咖啡館喝咖啡、聊天，聯絡感情外，也互通生活資訊。

在這個長者居多的聚會裡，曉珮，經常提供各項健康、養生新知，幾乎成了教會的附屬講座，十分受到大夥兒的歡迎，場場滿座，有時還引來其他路過華人朋友的參與。

為了同時兼顧自己家庭與原居地的高堂父母，曉珮除了不定時的電話慰問、勤跑兩地外，還在家鄉聘雇了一位看護工，協助母親一起照顧行動不便的老父，減輕老母的體力負擔。

那天，每週聚會從不缺席的曉珮，竟讓與會者枯坐久等，不見芳蹤。

「聽說曉珮的母親中風昏迷住進加護病房，昨天趕回探視去了。」一位老弟兄說。

＊　＊　＊

清晨，飛機下降後，曉珮拖著簡單行李，帶著一臉倦容、神色倉忙的在零落人群中尋到了接機的大哥，立刻一個箭步衝上去。

「大哥，我們快到醫院去看媽媽！」曉珮催促著。

「曉珮聽我說，爸、媽都已經離開了。」大哥哽咽的說。

曉珮輕裝行囊、日夜兼程的返抵國門，無非是想探視住院母親，並安慰年邁父親。不料遭逢老父探視完母親，從醫院回家休息時，不慎在洗手間跌倒，肢體癱瘓，意識不清，緊急送醫後，不敵腦部嚴重出血，驟逝於加護病房，先老母一步離開人世。

更不可思議的是當兄妹們籠罩在喪父的悲悽陰霾中，無以節哀之際，鄰床醫生傳來了老母血壓急降、呼吸衰竭，終致回天乏術、撒手人寰的噩耗。

僅僅四小時，一家人意外的先後辭別了親愛的雙親，令人聞之鼻酸！

29 疑

……淚闌珊，怕人尋問。咽淚裝歡，瞞、瞞、瞞！

【宋】唐婉

某天，

「放了metal marker的地方，最近總感覺不太對勁。」

「腋下感覺隱隱酸痛，很不舒服。」

「這幾天一直拉肚子，胃痛又犯了，有點昏頭轉向……。」

「睡覺時，小腿老是抽筋……」

「low grade?手術拿掉?我應該再去打電話，跟護士做進一步了解。」

「我要問問醫生，究竟是由別處擴散來的，還是仍在原位，切除就好？」

「切除後，存活率多少年？」蘭心牢騷了一堆。

自從醫生要求複檢，蘭心一次又一次的進出醫院，做各式不同的檢查，也在懷疑點放上標記後，蘭心彷彿法院宣判死刑定讞，即將執行的囚徒，寢食難安。

接下來的日子，我除了不斷的探問蘭心病情，了解結果外，就是詢問未來要做手術的醫院及進度安排。畢竟「談癌色變」，能及早治療，存活希望越大。

「現在醫學發達，就算真是癌症，已經不是絕症，只要可以手術清除，都有希望。主必醫治。」事已至此，蘭心精神上的煎熬，自不在話下。我只能不斷的給她心理建設、加油鼓勵。

「沒事，沒事，主必醫治我，我必打敗癌，我會活到一百二。」聽起來語氣平和、雲淡風清，也面帶淺淺微笑，但幾許焦慮、無奈完全呈現在略顯憂鬱的眉宇間，清楚的說明了蘭心無以名狀的驚恐，更見出她堅定的口氣背後，還是難掩內心深處的陰影。

數週後，幾個姊妹掏繼續相約，輪番探訪惶惶不可終日的蘭心，想再給她信心，給她打打氣。

「如之何？」踏進客廳，蘭心正閱讀信件，為了免除她身心的不適感，每個人說話都小心翼翼，不亂多話。

「今天收到醫生的報告，說：那只是個囊腫，疑似癌，不是癌啦！」蘭心神情自若，與之前彷彿世界末日的疑懼態度大相逕庭。

「啊?!」聽者個個目瞪口呆、面面相覷，矇了。

30 信

那天，一如往常的，阿珍在下班轉入車道後，從信箱裡拿出橫七豎八的信件。信封上ＩＲＤ的字樣、圖像，赫然映入眼簾。

「ＩＲＤ不是稅捐處嗎？」

「我既不開公司，也不做生意，稅捐處怎麼會突然來信？」

「難道……？」阿珍百思不解的反覆模擬著可能的原因，心裡直覺的掀起了一陣疑懼。

「先打開信看看再說吧！」一番思忖後，決定先看看這個信封葫蘆裡究竟存在著什麼祕密。

＊　＊　＊

提起阿珍，單位裡的後生晚輩禁不住要畢恭畢敬的豎起大拇指，幫他來按個讚。年過花甲，已近七旬老婦，仍然跟著一群年輕人孜孜矻矻、兢兢業業的在崗位上拼博、奉獻，在專業上求新知，在興趣上追發展。俗話說：智慧是經驗的累積。阿珍不斷的發揮她積攢的經驗、她的所長，讓自己在他鄉亦故鄉的領域裡，更發光發熱，不問酬勞，不求紅利，久久不肯離開目前的工作單位。

每個月匯進銀行戶頭裡的薪資有多少，阿珍從不在意。也不在乎因為有第一份收入，政府因而降低了給她的養老金數額。她甚至還每個月提撥固定數目，捐獻給宗教團體，做慈善工作。「錢，夠花就好」，這是她的座右銘。

正因如此，她的兩份收入合起來是多少，兩份收入的稅率是否對等，是否扣稅扣多了，她不曾過問。心想：反正都是經過專業財務部門精打細算、扣抵後給的收入，肯定錯不了，何必多花心思去煩惱。

孰料，手邊這封信……，竟是一封令人訝異、交稅不足的「補稅單」。

31 五秒

「我來一個多月了，我的英語沒問題，我可以跟領導、同事交流啊，為什麼不錄取我？」

「我還要再試。」面試被拒後，安娜氣憤填膺的咆哮，並且信誓旦旦的說「打死我，我也要達成目標。」

Kiwi Ora是一個新移民輔導機構，編訂了各種不同語言的定居生活指南教材，由輔導員為來自不同國家的新移民們，以自己母語講解本地居住環境介紹及生活常識，讓初來乍到的新居民早日融入此地生活。

除了一週兩次在固定的社區中心與學員們見面討論教材內容、談談新生活外，輔導員只需每天以電話跟學員們聯繫，偶爾訪視一下，幫助新移民們的需求。

正因為在家穿著睡衣都可以工作，既方便照顧家庭，又是一份全職工，有固定的年薪收入，還不需要每天朝九晚五的駕車在馬路上奔馳。因此，有同事戲稱這份工作為「pajama job」，很多人都心嚮往之，趨之若鶩。

無怪乎安娜想盡辦法要加入這個工作行列，還全心投入的做工，經常受到上級的表揚。

三年後，有一天……

「阿萍，我已經很熟悉目前這份輕鬆、自由的工作，可是我又想換工作，怎麼辦？」當另一位朋友提供了一份工收署（Work & Income）的職缺時，安娜猶豫不絕、苦惱得不知取捨。

「腳踏兩條船？五、四、三、二、一，快想！快想！你要有政府保障、夢寐以求的就業機會，還是……？」阿萍半戲謔半認真的說。

終於，再次碰到安娜時，她已被五秒的抉擇給虜走，跳槽成了工收署的公務員了。

32 摸彩

不知什麼時候開始，社團的各式大小慶典、派對中注入了一種「摸彩」的元素，參與者人手一張附有號碼的摸彩券，也緊握了無限期待與憧憬。但，在獎項揭曉前，人人有希望，卻個個沒把握。

二月十一日，藍天沒有一絲雲彩，微風徐徐，正是新春團拜的好日子。一大早××協會寬闊的停車場早已布置好帳篷、烤肉架，備妥葷素各式餐點。會議廳裡，在提供鄉親們一展歌喉的卡拉ＯＫ銀幕、機器上張燈結綵外，台上更是琳瑯滿目的擺滿了電視、鍋子、羊毛被、酒、日用品等大大小小抽獎禮品，其中最引人期待的是返台的來回機票。

＊　＊　＊

散會後，她迫不及待的想把大好消息告訴朋友。

「你中獎了！」她滿心歡悅的用手機通知先行離會的朋友。

「真的啊？是羊毛被？電視機？還是機票？怎麼總是在我先離開時中彩？」朋友有些疑惑的問。

「大會不容許代領，我不清楚，妳到主辦單位去領吧。」她建議的說。

兩週後……

「妳猜，我新春團拜時抽中了什麼獎？」在超級市場碰頭時，朋友神祕的說。

「真的是機票嗎？妳運氣真好。」她故意揶揄的回答。

「妳要嗎？轉送給妳……」朋友大方的說。

「好啊！最近正準備買機票呢！太棒了，哪家航空公司？」她將信半疑、爽快的答應。

「是兩瓶醬油啦！」朋友噗哧一聲，大笑不止。

第二輯

豆棚瓜架話當年

1 上班趣譚

「老婆，小犬的新外套放哪了？幫忙找一下。」老公邊翻抽屜邊呼叫。

「已經穿上外套了，有問題嗎？」進入冬天後，寵物為了禦寒，也都穿上冬衣。

「今天準備帶牠一起去上班。」老公興致盎然的說。

六月的最後一個週五，有趣的「帶狗上班」戲碼，悄悄的登場了。老公服務公司的研發部門裡，狗爸爸、狗媽媽、狗兒子……，跟隨主人依序進入辦公室。這些狗狗們，有的穿小西裝，有的穿小襯衫，還有小鞋子，人模人樣穿戴整齊的靜臥辦公桌旁，深情的望著狗主人上班、聊天；狗主人也偶而回眸報以微笑，四目交流，一切盡在不言中，一點也不干擾辦公室氣氛。

延續主人間的同事關係，幾隻狗兒時而小聲say hello，時而伸出友誼之手，禮貌性的彼此打招呼，表現出紳士們敦親睦鄰的態勢，比起那些調皮毛躁小孩，東奔西跑、不勝忙碌的活潑勁兒，直教人感覺這些狗兒訪客們還真有教養。

午飯時間，原本靜謐的空間，忽然一陣小小騷動，只見每位主人手拉五彩斑爛皮帶，領著各自的大小愛犬，魚貫步出辦公大樓，蹓狗去也。這時，幾隻狗兒懂事的配合著站起身來，輕鬆的擺頭扭臀、伸伸懶腰外，既不亂闖、也不狂吠，絲毫沒有逾越舉動，真讓人懷疑這些狗兒們都是從小進過訓練學校，受過良好教育，知書達禮。

下班時刻，老公正拉著小犬跟同事們一起從容不迫的往大門口邁出，即將結束狗兒們趣味的造訪之旅時，赫然發現部門經理手持簸箕、掃帚，使勁的在狗兒訪客們的駐紮地來回鏟。

原來是：這些一日貴賓們，也許為表現良好，憋太久；也許是起身時太興奮，臨別之際，竟然無聲無息的留下了一坨「禮物」：狗便便，令原來歡喜開心帶著寵物的員工，個個瞠目結舌，尷尬至極。

2 花襯衫日

十月中旬，某一天的晚飯後，家人循例人手一杯，或咖啡、或溫茶，散坐家庭房（family room）話家常，發表在一天裡的所見所聞，分享不同心得時，老公一反往常，拔得頭籌喜孜孜的首先發言說：你們還記得去年的花襯衫日嗎？

那天，才踏進辦公室，就發現年輕同事Eric穿著花襯衫、短衫褲，滿臉堆滿了笑容，讓人眼睛為之一亮。一向拘謹嚴肅的半百同事Philip，也身穿紅綠相間的大花襯衫，彷彿聖誕樹，又像彩衣娛親，亮麗非凡；Jason更爆笑，小丑似的，穿上造型特殊、上下充滿流蘇、雷絲的花襯衫；還有人頭戴奇形怪狀的帽子，配上男不男、女不女的頭飾，滑稽透了。辦公室裡的其他同事，為爭取公司頒發的花俏服飾獎狀，幾乎都套上了大紅襯衫，還拖出他們的瘋狂襪子、圍巾，作出時尚、花俏的服飾裝扮。打破了一貫紳士的規矩穿著，享受閃亮的一天。

整個公司，上自經理，下到清掃阿伯，完全顛覆了上班族，平日穿戴整齊、端莊的形象，真是妙趣橫生，看了令人捧腹不已。

「我們學校也不遜色啊！不管男生、女生，每位同學脫下制服，換穿大紅襯衫、拖鞋；還有女同學穿花花綠綠的連衣群，頭戴俏麗髮飾、大花，打扮得妖嬌、時髦，簡直就是一場服裝秀。」讀高中的女兒說。

「有些老師也是穿著紅花綠葉似的服裝，全校讓人看得眼花撩亂，好有趣喔。」小女兒開懷的說。

＊＊＊

正當大家沉浸在去年的場景中，你一言，我一語，連珠泡發射似的、熱絡的談論著上次的奇聞異事之際，老公忽然嘻皮笑臉、詭譎的回過頭說：

「今年公司又發出訊息，歡迎同仁們儘量參與。」

「老婆，幫我找找那套多年前，旅遊夏威夷時買的花襯衫、褲，我不能落人後，我也要好好表現一下，穿大紅襯衫去把獎狀搶回來。」

「那套夏威夷花彩短衫、褲？我沒聽錯吧？」老婆驚愕的回應。

但，聽完老公發夢般的解說後，為了滿足他輸人不輸陣的心願，跟其他同事們共度這新鮮有趣的日子，老婆翻箱倒櫃的把塵封多年的幾件花襯衫，從置物櫃的最底層給托了出來，按著當時摺疊好的樣子，平平整整的放在床頭櫃，方便老公隔日穿去公司，與其他夥伴們一較高下。

「凡事預則立，不預則廢。工欲善其事，必先利其器。我現在先來試穿一下。」

「哇！泡湯了！我的獎飛了。」老公赫然發現這套一直沒穿過的花襯衫，釦子竟然扣不上了。

3　狗秀

今年紐西蘭的天氣，確乎有些奇特，仲秋過了，放晴的日子倒反而多了起來，六點一過，太陽公公就忙不迭地起身say hello。潮濕許久的心境，跟著warm up，停滯的養身計畫——健走，立即啟動開向跳蚤市場、Takapuna海邊。

＊＊＊

擁有一隻狗，不論是特立獨行的「哈士奇」，家庭良伴的「拉布拉多」，微笑「薩摩耶」，聰明、忠誠的「吉娃娃」，友善充滿活力的迷你「雪納瑞」還是德國牧羊犬，在現今時代已不再是年輕人的專利，特別是在紐西蘭，飼養寵物幾乎是全民運動，家家戶戶呈現「狗芳蹤」，儼然家庭成員。但在老婆聽到狗吠，彷彿聽到雷響，看到狗，像見到強盜，避之唯恐不急的狀態下，屬狗又有心找隻「狗伴」的老公，這輩子恐怕只能欣賞別人家「寶貝」，過過乾癮的份了。

Takapuna海邊晨間散步時，舉目可見人狗競走，偌大的海邊沙灘，幾乎成了「狗狗走秀」場。洋人手上不只一隻狗，更甚者：一個人後頭跟一群，少說五、六隻的各類狗，大狗、小狗群集。有的頭戴花帽，身穿球衣，學Rugby球員模樣；有的穿黑色燕尾服，一副迎娶模樣，真是蔚為奇觀。

正看得入神。忽然，海水裡一隻小吉娃娃載浮載沉，四條小腿掙扎不已，身子翻來覆去，好像水喝多了，嗆到了。岸上主人也忙著丟棍子，丟繩子，急著想把他的愛狗救回了。說時遲，那時快，一隻壯碩、其貌兇悍的大狗三步併做兩步的衝了過去，一把揪住「落水狗」的前蹄，倏的衝上了沙灘，還不時的摩蹭著、舔著小可憐的毛，彷彿想安慰小吉娃娃，試圖將牠濕透的毛舔乾。哇！狗的世界裡也有「英雄救美」這回事啊！

「你看！那兩隻狗狗在親親呢！」一隻穿著花襯衫、貌美的狗妹妹，迎面走來，帥氣狗哥哥紳士風度的一搖一擺上前示好，還來個毛利禮儀鼻碰鼻問候。

「是喔！真是有禮貌。嘿！瞧瞧那頭，那兩隻狗在幹什麼？好像在搶東西誒！」

「不對！不對！我們走過去看一下吧！」

仔細一瞧！原來是主人正在丟球，訓練小狗揀拾技術，而另一隻「冒失狗」誤以為有「好料」吃，也想上前分享。

「誒！兩眼對看，好像不甚友善喔！會不會打起來啊！快走！我最討厭這些貓啊、狗啊！該不會卯起來，咬人吧！」膽小老婆拖著老公示意離開。

「兩家主人都在場，別擔心！」除了雙方家長，旁邊觀戰的華、洋群眾，確實不少。戰火緊繃的架勢，不比人類遜色。

正猶疑時，不料，兩隻狗互看一眼後，竟然上演〔孔融讓梨〕的戲碼。在互讓一番後，由一隻貌似長者的公狗一口擒住，交回給主人，充分體現謙讓美德，真叫人詫異。難道狗世界也有長幼尊卑的分際?!

「老伴，你沒聽說嗎？紐西蘭的狗從小送到狗學校受教育，不但聽懂主人說話，還挺有教養的呢！」

「話是不錯，但狗、貓畢竟是畜牲，獸性發作起來，咬死人的例子，屢見不鮮，你難道不知道。」老婆膽寒的反駁。

「好吧！好吧！反正咱們家老婆大人不批准，狗、貓永遠別想入門。」老公伸伸舌頭，露出詭譎笑容的說。

＊　＊　＊

「咦！小狗聲？」老公下班進門，鑰匙孔還沒轉開，一陣輕微狗吠直鑽耳膜。

「那不是對門小哈士奇的聲音嗎？」

「你喜歡嗎？老公」老婆瞇眼笑問。

「老婆，你也興趣養狗？」。
「嗯！」老兩口眉開眼笑的對望著。

4 舞

「Daisy——Daisy give me your answer do I'm half crazy all for the love of you...」偌大的社區中心裡，阿公、阿婆們手舞足蹈外，口裡還追隨著錄音帶播放出來的旋律，哼唱不斷，樂在其中。

望著張貼在窗玻璃上「keep fit」醒目的二個字，再看看屋子裡翩翩起舞、無限陶醉的雙雙對對，阿寶心裡琢磨著：

「如果能跟這些老先生、老太太一樣參與舞蹈，不但保持君子好逑，窈窕的身材，還可健身，那該多好！」

倏的，神清氣爽的阿寶神采飛揚起來了，眼睛也雪亮了。

正想踏進舞池，「senior citizens club」斗大的字跳了出來。阿寶遲疑了一下，心想：雖已年逾不惑，也算老大不小了，但距離德高望重，凡事不踰矩，受人尊敬的長者，似乎還有那麼點兒差距，就此冒然進去，是否得當？

然而面對這群耳順，甚至耄耋之年的舞者，一個節拍，一個踩踏，跟著旋律扭腰擺臀，煞有其事的婆娑其舞，內心確實喜樂極了，於是壯大膽子，探個究竟吧！

「May I help you?」就這麼一句話，自小少根筋，沒有韻律感，更沒有舞蹈、音樂細胞的阿寶，在這位親和、友善女士的帶領下，開展了移民生涯的另一頁。一週一次，不論晴雨、定時的與二、三十位可愛長者約會，共度這段浪漫時刻。

「左腳、右腳，腳踏踏。」

「一二三踏，二二三踏。」

「滑步、踢、轉。」九秩晉一高齡，卻有著妙齡少女般婀娜身材，舞步純熟，英國來的老太太——cony，熱心的拉著因害臊而臉色泛紅的唯一華人轉過來倒過去，一遍又一遍的練習。

而轉得不分東西南北的阿寶，除了嘴巴喃喃自語，不斷默念一二三外，兩隻眼睛更是像黏上了膠帶一般，絲毫不敢將視線輕易挪開那位腳上彷彿綁了彈簧、輕盈如燕的另一位示範者June，一步一動作認真的學。

搭配著一首首熱情，活力四射的曲調，阿寶耍猴子似的，晃過來、蕩過去。只見不聽使喚、不曾受過訓練的兩隻腳，忽而左，忽而右，忙得不亦樂乎！

這個為五、六十歲以上退而不休，但又沒有中國傳統含飴弄孫之樂的長者們提供的老人俱樂部，每天各有不同節目。比方說：穿著一身雪白、風度翩翩、斯文、優雅的拿著小棍子，在場子裡撥來撥去玩的地上保齡球（Bowls）；撲克牌遊戲（whist）；賓果遊戲（Bingo）；寓健身於運動、韻律舞的健身操活動……等。

每天，老先生、老太太們準時的來到俱樂部，由一位類似班長的先生（或女士）帶領，快樂的做活動。那種有模有樣，聚精會神的仿做、實習的精神，真懷疑他們哪來那麼多精力，更訝異於他們高度的記憶力。教這頻呼老人癡呆的「年輕老太太（阿寶）」噤若寒蟬，再也不敢亂叫，趕快急起直追，效法長者們的良好楷模，不斷學習。

這些年長的洋人老先生、老太太為了給毫不懈怠學習的自己，來個實質上的鼓勵與慰勞，每個月的第二個星期三下午一點半開始，俱樂部裡舉辦餘興餐會（Entertainment），例如：慶生會、茶會……等。集合「老朋友」們共聚一堂，彼此祝賀，互相寒暄，吃吃喝喝，別有一番興味。

行萬里路，讀萬卷書。每月的第四個星期三，博學多識的旅遊專家（tour organizer）Mr. Surness負責籌備並帶領大夥兒搭上豪華遊覽車，來個「科技、知性之旅」，既外出散心，又兼顧各項見識。最近一次的Bus Trip，享受非洲鴕鳥肉的美味外，做了一次農場種植、動物豢養的學習；還遍遊名勝Whangarei、Workwoath、Orawa等地。一路談笑風生，像小時候跟著老師旅行一樣，除了東張西望車窗外的景致，嘴巴還要嘰嘰喳喳的說個不停。一天下來，繞著二十六個字母打轉的舌頭幾乎打結了。

「……It won't be a stylish marriage…」柔美的節奏，不斷的從錄音機裡流瀉而出，翩翩起舞的華、洋阿公、阿婆，談笑在一起，歡樂在一起，舞出生命的樂章，舞出族群融合美麗的新頁。

5 兜售

來到紐西蘭，除了人種、語言、文化多元，異於國內，讓新移民大開眼界外，在販賣商品的方式上也別具特色，令人歎為觀止。

話說九四年的一個傍晚時分，阿寶一如往常的準備弄些小點心，給放學回家的女兒充饑時，忽然門鈴聲大作。

「Do you need one bar of chocolate?」二位約莫十歲、手捧巧克力糖的Kiwi小女孩出現門口，輕聲細語、喃喃有詞的問。

「Two dollars for each……」「……Fund raising for swimming pool……」阿寶還沒想清楚怎麼回事，小女孩已嘟嘟噥噥的報出貨品價錢，並說明此行目的，是為學校新建游泳池籌款。

一則立意感人，再則小女孩楚楚可人的模樣，叫人不忍心拒絕，於是順手從口袋裡掏出幾個銅板，分別向兩人買了不同口味的巧克力，以便她倆再往下一家去繼續未完的生意。

「媽！你要跟我買巧克力喔！」才轉身進屋，讀初中（紐西蘭初中的小孩年約十一、二歲，有別於國內情形）的女兒興高采烈的捧著一個狀似餅乾盒的東西，跟在屁股後頭衝進廚房，彷佛兜售小販般的大聲嚷嚷。

「今天是什麼日子啊……」阿寶簡直被這些小娃兒們搞糊塗了。

「媽！我們學校準備蓋風雨操場，經費不夠，巧克力公司免費提供糖果，賣了的錢，就當作贊助費。……」沒等阿寶問話，女兒一股腦、霹靂啪拉說了一堆。

「學校蓋房子？教育部不提供經費嗎？……」

「媽！香香她媽媽不讓她出去亂跑，怕碰到壞人，全部自己買，還分給我吃誒！……媽！我不想吃，我想把它一起賣了，多一點錢給學校，妳說好不好？」女兒沒回答阿寶的疑問，繼續發表她的意見。

想當年，在國內任教的學校，區區修建廁所的小事，教育當局都已早早編好預算，毫釐不差，學校連家長都不敢去要一毛錢，就更別提要學生幫忙籌錢了。現在紐西蘭的學生，竟然還得路邊小販似的拋頭露面，挨家挨戶的去賣巧克力，幫著學校籌錢，怪哉！

更妙的是，有些家長秉持國內的觀念：擔心孩子遇上歹徒，不要寶貝兒女上門求售；擔心孩子浪費了做功課的時間；擔心孩子成群結黨，招搖街市；……擔心這個、擔心那個，乾脆全數自行吸收，墊出巧克力糖的錢，來個變相捐獻。這不僅讓人見識到了諸多與原居地不同的新景象，也感受了此地教育的新鮮面。

6 函購

當世界各地風起雲湧，享受郵購、網路購物之際，紐西蘭巧思另立的來個「函購」。

顧名思義是顧客透過類似信函的便條處理方式購買東西。物品種類之多，涵蓋了食、衣、室內、室外、男、女、老、少，所有民生日用品。

有一天中午，到門口信箱取信時，發現在幾個白信封上面，安安穩穩的躺著一本五顏六色、印刷精美的小本子。驚豔之餘，順手翻了一下，原來是各式物品的圖本。每一幀圖片旁邊，明白記載著該物品的尺吋大小外，更標明了各種價格、顏色、材質及編號，令人一目了然。

除此而外，商品圖本的封面上還訂附著一張選購單，讓客戶填好欲購專案後，隨同這本漂亮小冊子，一起放進塑膠袋，擺在大門口。三天后，由原發放人員收集、彙整，然後送貨、收費，銀貨兩訖。

剛見識到這種另類買賣的時候，確實多次被其中幾項日用品吸引，很想學學左鄰右舍填表購買。但礙於「固有思想」作祟，總想著價錢是否公道；送來的貨品是否有瑕疵；如果不實用能不能退貨；……腦海中盤旋著諸多「利空」的思緒。因此，儘管「心動」，卻遲遲不敢「行動」。

殊不知紐西蘭的消費法，特別是公平交易法，其實是很成熟的。不論「商家」、「消費者」，無論任何形式的交易，各有其法定權利與義務，都是受到法律保障的。如果不遵守規定，任何一方都可以循法律途徑投訴，或向糾紛仲裁庭（Disputes Tribunal）去尋求解決，買方、賣方誰也不吃虧。

在紐西蘭的消費者，應該說是幸運的。比方說：商品的成分敘述不實；商品廣告誤導消費者；貨品有缺陷；貨品不能正常操作；甚至木工、水電工技術粗劣，不能修好破損；只要收據還在，就可以更換同型貨品、或退貨，任何人都不致造成無謂的權益損失。

「今朝有酒今朝醉」，雖不是每個洋人都如此，但「寅吃卯糧」的人，在西方社會還是屢見不鮮的。於是歲末、耶誕節前夕，Lay Buy、Hire Purchase這種「分期付款」的買賣行為，在消費大眾間，一下子熱門了起來。前者是買家按期付清所有款項後，擁有購置的物品；後者則是買主可先行取回貨品，然後按期付款。但買方若無力依約付清全部貨款，就需退回貨品，商家、客戶互不相欠。

紐西蘭招攬生意的絕招，真是不勝枚舉。在瞭解了紐西蘭的買賣特色，沒有啞子吃黃蓮，無處投訴的虞慮後，鄉親們也開始入境隨俗的嘗試起本地的購物遊戲，享受紐西蘭人做買賣的樂趣。

7 隨興

「燒道菜，順便把那瓶陳年XO找出來，我們去參加新進經理Bird的搬家party。」才下班進門的Michael，興致勃勃的對著老婆說。

提起這件趣事，雖事隔多年，兩老內心依然不免發噱。

＊　＊　＊

來自美國的Bird，原籍荷蘭，在美國太空總署服務多年後，倦勤之余，毅然辭去人人稱羨的高薪職業，全家駕著臥房、廚房一應俱全的自家帆船，路經夏威夷、斐濟……等大小島嶼，歷經六個月時間，看遍海上風光，暢遊世界各大洲後，下錨於紐西蘭。

初抵白雲故鄉，阮囊羞澀、無法找到適合租屋的Bird一家，繼續置身船家，過了三個月「海上人家」的傳奇生活。

在旅遊告一段落，孩子們也該進入學校學習之際，Bird在這個人們公認為居住品質一流，但一職難求的國度，不但租到了落腳的處所，更憑著他過人的智慧，覓得了他的生財機會，開始他的新工作：GPS電子公司project經理。

「Michael，一起出海測試新近開發的機器吧！」Bird一手拿釣魚杆、冰箱，一手在牆上取下船鑰匙的說。

「試機器，帶冰箱、魚具？」Michael狐疑的想，但他是經理，還真不好問。

「Bird，我們今天試的機器需要用釣竿嗎？」

車行途中，Michael實在忍不住心中疑惑，開口問。

「我剛來不久，對公司船的使用，還不熟，試機器前，總得先瞭解一下船的功能吧！」

「上鉤了！是snapper，這個大小正好，拉起來，拉起來。」哇！不到兩小時，魚躍冰箱，蓋子就要被撐開了，真個是「漁穫滿行囊」，公司上上下下都有口服了。

「Hello，菲力魚給你。」Bird不但負責釣魚，還窩心的處理好，條條「菲力」得乾乾淨淨後，才送到同事手裡。

這樣的光景，每隔三、兩星期就要上演一次，公司同仁個個笑開懷，跟Bird經理哈拉不斷。但連續半年左右，始終沒見Bird經理拿新機器在船上測試。

「Bird，開發的深海探魚器，功能如何？該準備量產了。」有一天，研發部經理開口關心了。

「還在測試中。」Bird據實以告。

＊　＊　＊

「Michael，我辭職了，我準備轉往××找新機會。」Tea-time早茶時間，Bird依照本地離職者自行準備茶點的慣例，臨別前夕，買了大大小小點心、咖啡，邀請大夥兒享用。

隨興的Bird，這次終不能在商業領軍的公司裡「隨興」下去了。

8 Uncle Ron

剛剛過完元旦的一個週末，女兒中學時候的同學媽媽：Mrs. Haxwell，繼耶誕節前夕送完賀卡之後，再一次來電邀約，前往她家做客。

提起這家洋朋友，不僅好客有加，更是樂善好施，不論亞洲人、非洲人、歐洲人……，都是他們的服務對象，套句俗話：典型的「雞婆」。

＊＊＊

有一次，一位臺灣朋友百思不解的打電話給Mr. Haxwell先生說：不知怎的，最近我家水槽一直不通。這位善人二話不說，當下應允前往瞭解。也許是他經驗夠，也許是他敏感度高，三兩下子就在廚房裡揪出了元兇。

原來是朋友家的不銹鋼筷子，洗滌時不慎「誤闖門徑」，終至迷途不知返。此刻，正一枝枝標兵似的，立正站好在打開的洗碗槽漏水孔中央。難怪，不管蝦兵蟹將一律不准進出，不通。

＊＊＊

某天下午，一位華人老太太，踮著三吋金蓮，擺動著稍嫌老態、又有點婀娜的身軀，正一步一腳印，緩步微移的想通過馬路。說時遲，那時快，一瞬間，綠燈轉成了紅燈。情急之下的Haxwell先生，毫不猶疑抓起老太太手臂，立刻衝過馬路，走到對街騎樓，才氣喘吁吁的停下腳步、鬆開緊抓的手。

面對這樣一個突如其來陌生的「牽手」舉動，害得驚魂未定的老太太，漲紅了臉，兩眼瞅著這位「冒失」洋人，不知該致謝，還是……，尷尬之情溢於言表。當然，好心的洋先生也不知如何說明自己的善意，只好犯錯孩子似的，靦腆的、委屈的快步離開，了結了這場狀似鬧劇的好人好事。

＊＊＊

鄰居新移民生病，經常第一時間到達的不是醫生，而是這個儼然移民服務中心的uncle Ron。六十開外的老先生，腳步行動也不是很方便，但幫助新移民卻是永不落人後，與某些反移民人士動輒歸咎東、埋怨西的態度大相徑庭。

曾經有一位剛抵達紐西蘭不久的韓國老太太，正好與Mr. Haxwell比鄰而居。由於氣候不適應，染上風寒，臥病在床。這對善人夫婦聽說後，立刻敲門探訪，告訴他們如何找家庭醫師、如何辦理醫療保險、社區支援。儘管語言不通，比手畫腳、雞同鴨講半天，老太太家人還是體會了紐國朋友的友善。

＊　＊　＊

Uncle Ron 一家的好客情懷，從烤箱裡不斷出爐的糕餅、點心，也可見一斑。擅長各式餐點的女主人Migrate，不論甜食、鹹餅，都讓人齒頰留香、讚不絕口。為了舒緩在紐照顧小孩的「單親媽媽」、「退休爸爸」的壓力，夫婦倆經常邀請這些朋友們到家裡去「tea time」，喝喝咖啡、中國茶、日本茶、英國茶，外加可口點心。有時還彼此交換亞洲式、英國式不同風味的食譜、吃法，談談各自國家吃的藝術，一派專家模樣，妙趣橫生。碰上同是基督徒的朋友，在Migrate鋼琴伴奏下，大夥兒陶醉在聖詩的喜樂中，共享著午後的溫馨時刻。

不同的文化、習俗，雖然製造了諸多尷尬情事，反映出諸多趣事，但也揭發了這家洋朋友處處行善、時時助人為樂的寬大胸懷！

「媽！Peter 來電說，下星期日為Uncle Ron作追悼儀式。」晚餐時，女兒略帶愁容的說。

坊間俗話說：善人不長命。真是這樣嗎？

9 聖誕老人

一般人的觀念認為：旅居英語系國家，交個洋人朋友，閒來無事磨磨牙、練練英語，應該沒多大問題，事實上卻不是這樣。

目前，由於華人移民日漸增多，亞洲食品充斥，華語衛星電視、華文報章雜誌到處可見。在不用上洋人超市也不致斷炊，不看本地電視也能知天下事，聽、說英語沒有迫切性的情況下，在自己同胞、華人世界中平靜的過日子，不是不可能的。特別是家中有英語流利的年輕孩子代勞，「紐西蘭代理權」由這些民族幼苗接手，那就更義無反顧的「保存母語」，不用與「鬼佬」打交道了。

我們家也不例外，結識幾個本地Kiwi朋友都是透過孩子的「同學外交」、「鄰居外交」搞定的。

老鄰居Monty和Hillder，是我們家的聖誕老公公、老婆婆。當歲月的指標剛指向十二，還不到耶誕節，這兩位「老」朋友早已帶著大大小小各式禮物，提早為我們裝點聖誕樹。

禮物，不一定很貴重，但全家大小每人一份。雅致的包裝紙上，寫著收受者名字，黏上代表耶誕節的漂亮貼紙，絕不遺漏哪一個，也不偏心哪一個。年復一年，算算——這該是第十八份禮物了。

為答謝這一對自稱有六分之一中國血統、嗜食亞洲食物——特別是港式飲茶的老夫婦，我們回報的禮物，通常是帶他們到附近臺灣朋友經營的茶樓品茗一番。

別以為洋人只吃些春捲、餛飩，了不起蘿蔔糕、蛋塔、炒飯、炒麵，絕不親近雞爪子、牛肚等內臟。其實不然，舉凡芋頭糕、蝦餃、炸水餃，只要上得桌來，他們無不大快朵頤，吃得津津有味。幾年下來，不僅我們邀請他們上中餐館吃飯、上茶樓飲茶，甚至夫婦倆週末閒來無事，還請我們到不同的茶樓品茗、中餐館聚餐，一副華人飲食文化姿態。

最有趣的是：雖然年紀一把，但愛國之心、參政之情，絲毫不讓年輕人專美於前。特別是每三年一次的大選，擔任某黨秘書長的老夫婦，總要忙碌好一陣子。例如：意見調查、候選人政見傳單設計、製作、電腦打字，到挨家挨戶發放，無不事必躬親，一一打點。甚至街頭巷尾去販賣自製糕點、衣物、雜誌……，各種募款活動，無一缺席，全程參與。

為了爭取亞洲人的選票，佝僂的身影經常出現在新移民朋友家門口，苦口婆心的為候選人解說政見、表達照顧新移民的立場和決心，其敬業精神，真是令人為之動容。

與老夫婦相處二十多年，情同家人，老太太生病住院時會通知我們，前往探視，安慰幾句；鶼鰈情深的老兩口回英國渡假，也不忘相告；假期結束返紐，必送來該地名產；喜愛大海的幼子——Jeffery，買了艘遊艇準備出航，環游世界一周，更不忘秀兩下，邀請我們一同瞧瞧。儘管我們是「有看沒有懂」，也陪著「內行看門道，外行湊熱鬧」，嘻嘻哈哈一番。

有時候我們工作比較忙，大半年沒去登門拜訪，又忽略了打電話致意，多情的老夫婦除了主動來電話瞭解外，還不忘「限時專送」他們關心、但又略帶微詞的「慰問信」，表達衷心的關愛。甚至乾脆來個「pop in」，親自上門一探究竟。

當然，我們有了文化、習俗上的不同，發生困惑時，老兩口就是咱家的當然顧問囉！

復活節前夕，我們一如往年的接到老先生、老太太的的賀節卡片，但例外的是裡頭夾著一張小紙條，通知我們，兩老即將搬遷的新地址。老夫婦由於年事已高，宿疾：關節痛風發作，而子女一週探視一次，出行、飲食均感不便，不得不搬離現住居處，遷入有專人打理生活、照顧健康的養老院所，並邀請我們有空時前往新居閒聊、探訪。

10 異國情鴛

異國情鴛Hendrika和Peter，太太是擁有物理護理師執照的荷蘭籍按摩專家，先生則是紐西蘭的鋼琴演奏家。上了年紀以後，Peter不再公開表演，除了在家彈彈唱唱自娛外，偶而接受邀請到Piano Bar演奏兩手，娛樂晚餐嘉賓。孩子們都已成家立業在外居住的兩老，身邊除了一隻老狗，就是些老友。閒暇時刻幫忙左鄰右舍除草、按摩保健。記得剛搬來這個家時，賣房子給我們的前任屋主Mr. Dickson曾經這樣說：這對熱情鄰居經常在我們外出工作時，幫忙照看門戶，是很好的「WatchDog」。

聖誕節、元旦過後，熱情的Hedrika循例在夏天假期即將結束，大人、孩子們恢復正常作息之前，邀請左鄰右舍到他滿園玫瑰的哥德式洋房小聚一番。

那天，川流不息的客人，一波接一波潮水般的湧進，不甚寬敞的陽臺上擠滿了各色人種：有來自伊拉克、伊朗、臺灣，當然最大宗的當屬本地紐西蘭人了。街坊鄰舍共聚一堂，認識的、不認識的都相互擁抱，寒暄、問候，熱鬧極了。

享用的食物亦各具特色：燒、烤、煎、炸、涼拌五味雜陳，牛肉、羊肉、豬肉、中西點心、蔬菜沙拉、水果沙拉、新鮮水果兼而有之。飲料方面：有果汁、可樂、汽水，也有紅酒、白酒、啤酒、威士忌。一盤盤、一碟碟、一杯杯、一瓶瓶，各取所需。由於這種聚會很隨性，時間也不限制，因此，下午兩點鐘開始，隨時有人來，也有人離去，真是道道地地的「流水席」。

酒過三巡，老Peter開始彈奏鋼琴，客人會唱的應和起來。或坐、或站、或飲、或吃、或彈、或唱，幾十個朋友陶然忘我，個個樂在其間。直到太陽下山，落日餘暉早已悄悄的伸入了陽臺的杯盤間，那些洋朋友的美妙歌喉依然不曾稍歇，餘音繞梁，久久不散。

俗話說：出外靠朋友。在漂泊的僑居生涯中，認識了不少華、洋新朋友，從中獲得了數不盡的寶貴經驗，也體認了孔老夫子：「友直、友諒、友多聞」的真義。

正當我們逐步與這些友善鄰居熟稔之際，不料，當年因地震重建，避居奧克蘭熱情好客的老Peter，卻在同鄉們的回歸聲中，也準備帶著妻子返鄉，回到他們故居：Napier，重溫少時的「鄉居樂」，頤養天年去也。

11 可愛的小鸚鵡

「啾！啾！啾！」五彩斑斕、體態豐盈，人稱「小型鸚鵡」（parakeet）的鳥群，正興高采烈的跳蕩於後院大樹與屋角溝槽間。此情此景，勾起我恐鳥的記憶，趕緊探頭瞧瞧，是不是有小鳥在我家屋溜邊築巢。

幾個月前，陳太太因身體適應不佳，先行返回原居地療養。陳醫師為了就近照顧，不得不帶著孩子們束裝離開紐西蘭。空下來的房子，就只好交由房屋仲介處理了。

房子上市已有好一陣子了，其間雖不乏問津者，但一直沒有適當客戶正式成交，偌大的房子也就這樣擺著了。

「Hi, Pamela are you free now? Come over, please!」

某天中午，住在陳醫師家後面的老外史密絲太太（Mrs. Smith），忽然來了一通電話，口氣神祕的要我立刻過去。禁不起好奇的誘惑，更不好意思婉拒史密絲太太的邀請，我放下才端起的飯碗，趕過去一探究竟。

「look carefully!」頭上包著大毛巾，不是正染頭髮，就是才清洗完三千煩惱絲的史密絲太太，對著屋角邊拍手、邊叫我仔細看。

「哇！」我被這一幕嚇呆了。一群大大小小，儼然攜家帶眷逃難似的鳥家族，正從屋簷破洞應聲而出。

「這種花色美麗的鳥就是小型鸚鵡，經常出沒於開花的樹叢間，現在他們找到這個溫暖破洞，就在這裡築巢產小鳥了。將來小鳥越生越多，跑不出破洞，死在裡面，可就麻煩大了。」史密絲太太很有經驗的告訴我這個既有趣、又有點嚇人的故事。

「你知道，為什麼房子一直賣不出去了吧！」「陳醫師人在海外，他不知道這種狀況，……」史密絲太太幾分焦慮的說。

「他應該不知道吧！但為什麼房屋邊會有這樣一個大洞？……」我不解的詢問。

「小鳥順著天花板的出口挖出來的。」史密絲太太一派輕鬆的回答。

雖然此地的房子，天花板上都有預留的孔，必要時，方便住家鑽進屋頂處理電線、水管。可是一旦鳥族死在屋頂天花板上，沒人發現，豈不臭氣熏天，可不是鬧著玩的。

「是不是每家都有這樣的危機呀？」我緊張的向史密絲太太打聽。

「有可能啊！妳不覺得紐西蘭的鳥實在太多了，也太自由了嗎？」本地人都如此說，唉！

「對啊！這些鳥也實在太沒教養了，人手上的麵包隨時有被牠們搶食的疑慮外，還經常拿人們的頭頂當馬桶，恣意方便。」忽然使我想起一位朋友，走在路上「喜」獲「黃金」的倒楣勁兒。

「妳得多注意妳家屋簷、屋溜，別讓小鳥據地為王，那就慘了！」史密絲太太好心的警告。

「這些囂張的鳥類，如果在我們家鄉，恐怕早已……」怕引起洋人生態保育的抗議，我把想說的「烤小鳥」吞回了肚子裡。

誕生在紐西蘭的這些幸福鳥兒，不僅可以海闊天空的自由飛翔，隨處覓食，甚至人類的住家也可以隨心所欲的分住，確實令人難以恭維！……

12 另類醫院

踏進奧克蘭北岸這家私立醫院，首先映入眼簾的是寬敞明亮的住院登記處。十一月暮春時節，南半球和煦的陽光透過一方方晶瑩剔透的玻璃窗、天窗，灑在醫院的每一個角落，白花花、暖酥酥的，真讓人誤以為走進了五星級飯店的大廳（lobby）。

大廳一角擺設著構圖美麗的回轉沙發，柔軟舒適。坐定後，赫然發現錯落有致的棕櫚、椰影在涓涓流水及潺潺水聲的搭配下，又彷彿走進了公園一般。

在午後寧靜空氣裡嗅不出一絲絲藥水味的護理站，一盆盆美麗盆栽、插花，笑臉迎人的屹立在櫃檯週邊，好像對著過往病患Say Hello；而牆上掛的大大小小油畫、水彩畫，簡直讓人直覺走進藝廊似的；再往裡走，套房式的個人病房裡，除了氧氣、點滴等醫療器材及裝置有各種拉的、按的緊急護士呼叫器的新穎衛浴設備外，冰箱、梳粧檯、衣櫥一應具全。不但與家鄉的醫院感覺不同，就是與奧克蘭地區的其他公立醫院也不盡相同，令人歎為觀止！想當年在家鄉，進住此等「豪華病房」，縱然不是總統級身分，也要部長以上權貴才能有此優待，我等販夫走卒、平民百姓，豈敢妄想？

說起這家醫院，與一般綜合型醫院相比確是有些另類。除了偌大、整潔的空間，完善、先進的醫療設施，和藹可親的護理人員，提供各項生產、內、外科手術服務外，醫生清一色是院外的專科醫生。換言之，該院沒有自己的駐院看診醫師，也就是只有住院病人，沒有一般醫院的門診服務。

正因為是專科醫生租用了這些場所、設備，為病人施行醫療工作，因此，包括醫師、麻醉師、手術、病房等所有費用，均由病人自付，與進入公立醫院醫治，費用由政府負擔不同（但必須排隊等候病床）。幸好醫療保險可以完全負責（若有醫療保險，可視類別全額或部分給付），否則可觀的住院費用，真叫人感慨：生病的權利都沒有。

＊＊＊

某天，隔壁房「同病象憐」的病友（同一天同一醫生開刀）邀約散步。無意間，被初生嬰兒哇哇啼哭的聲音誘入產科病房。既來之，則安之，索性跟著護理人員身後，進入「參觀」。

與國內新生兒出生後就得獨立門戶，住進嬰兒房的情形相比，這裡的小baby顯然有福多了。哇哇墮地的小嬰兒，在助產士處理乾淨後，立刻進入媽媽身旁的溫暖小床上，與母親同房共處，培養親情。不但醫院省卻了嬰兒房的設備，方便了伺候嬰兒的護理人員，也節省不少人事開銷。

更勁爆的是：不論任何病患或生產的產婦，一旦通氣了，就開始喝冰水，大啖蔬菜沙拉、水果沙拉、霜淇淋（ice cream），甚至為了清潔衛生，護士會準備好各種大大小小浴巾，要求患者、產婦洗澡、洗頭。這與華人生產坐月子，一個月不吃生冷食物、不洗頭、不吹風，洗手都最好是溫水；生病開刀後需要進補、保養的習俗，確是大異其趣，真個是另類醫院。

13 Kiwi醫護員

小時候念書提到「白衣天使」，直覺的會想到護士的鼻祖南丁格爾，或者索性就是護士的代稱；「綠衣天使」就是郵差先生，絲毫不會有錯。那是因為故鄉各級醫院的護士小姐都是穿上雪白的衣裳，而送信先生一律是綠色制服。

但這個定則用到紐西蘭來，似乎不很管用。除了送信的先生、女士／小姐穿紅色衣服外，醫院裡護士的穿著也各有不同。就以我去做手術、療養的這家私立醫院來說，起碼有三種不同裝扮的護理人員出現過，顯然都與「白衣天使」關係不大。比方說：曾經在夜裡睡不著覺時，令我期盼出現的護士小姐，她穿的是深藍色小白點衣裙，與白天的值班護士同樣穿著；當例行護士請假，醫院緊急從別的醫療單位請來的那位護士，她穿的就是白色T恤；而與病人在手術房裡同甘共苦、生死搏鬥的天使，則是一身綠意盎然；印象中好像沒有全身白色衣裙的護士。

事實上，即使是公立醫院也都是財團法人的性質，因此，各有其不同規定，不同的服飾。根據瞭解：公立奧克蘭醫院（Auckland hospital）、北岸醫院（North Shore hospital）、格陵蘭醫院（Greeland hospital）、奧克蘭兒童醫院（Starship hospital）……等醫院有白衣天使，穿著與家鄉護士一樣全身雪白。但也有白上衣搭配白色或綠色短／長褲的；有淺藍色衣裙的；總之，此地醫院護士為工作方便，穿著都很輕便、簡單，顏色也不刻意堅持白色，非常有彈性。

至於手術室裡的護理人員服飾，根據觀察也有些許不同。比方說開腸破肚動大手術，病人需住院療養的大型醫院，如：Southern Cross 醫院，護理人員是穿著草綠色衣褲、戴同色系帽子；照胃鏡、直腸鏡、大腸鏡、婦科內視鏡等小手術，除了綜合醫院外在小型手術醫院也可以做，病人在恢復室等麻醉清醒後，就可由家人帶回，不需住院療養，如：Shore Surgery。這裡的護理人員則是深藍色鑲白邊的衣褲；在社區免費驗血、驗尿的醫療單位，如：Diagnostic Medlab，公共衛生護士，則是穿著鑲花邊白上衣、黑色長褲，又是另一副素雅裝扮。

醫生嘛！除了手術房的醫生身著綠色、深藍色衣衫外，一般看診醫生好像也不刻意穿著白色衣服，非常隨意、方便。

儘管此地醫護人員的服飾各有不同，但有一點是相通的，那就是他們的服務態度與人權概念，醫院總是站在病人立場，減輕病人生病期間的不適，方便家屬。比方說最簡單的三餐、早（午）茶的安排與準備：負責每日餐點的護士，往往在前一天早上就來到病房，就著每位病人可以食用的餐點表，請問病人隔天的中式、西式、冷、熱餐飲或水果，供應病人較能接受的病中飲食，而不是一味的、食不知味的整體作業。心理上的舒適，除卻了些許生理上病痛的無奈，倒不失為另一治療良方。

值得一提的是各種內試鏡、檢體切片的處理方式，例如：胃鏡、腸鏡、婦科內試鏡……等等，雖不是什麼大手術，但醫護人員在做這些檢驗之前，還是先詢問病人是採取全身麻醉或半身麻醉來減少檢查時的不適與畏懼感，而麻醉醫師除了事前的個別溝通外，更配合手術、檢驗醫師全程參與作業，使病人在完全放心的狀態下順利完成各項醫療或檢查工作。甚至癌症病人的化療，都是將其可能的效用與後遺症，事前與病人及家屬做一說明，然後由病人決定是否進行該項醫療。

有人說：紐西蘭是兒童與老人的天堂，一點也不為過。姑且不論老人福利、養老措施，光是嬰、幼兒出生後，護理人員定期到府服務、指導，到六歲前的健康照護，就值得借鏡了。

Kiwi醫護，雖負責、周全，但因紐國醫療體系限制，醫護人員補充不足，病患住院治療，若沒有私人保險，則需排隊等候。有人不耐久等，先行訣別，未嘗不是一大遺憾！

14 新氣象

壁上咕咕鐘剛敲過兩下，一陣熟悉的車輪輾地聲，夾雜低沉的信號誌——剎剎的喇叭聲，在耳畔想起。雖說老公服務的研究開發部，上下班時間彈性，不受打卡限制，但似乎也不至於這麼早打烊吧！正思索著最恰當的答案時，門鈴響了。堆著盈盈笑臉的老公，提著公事包佇立門口了。

「怎麼？被炒魷魚了？」老婆狐疑的打趣說。

「你說呢！」老公故作神祕的一屁股坐下沙發。

「告訴你，上週公司營業額出奇的好，同時出貨順利，大發利市。老闆開心之餘，中午親自下廚，作漢堡、烤香腸，讓所有員工大快朵頤，犒賞一下五臟廟。又為了慰勞一週的辛勤，特別讓大夥兒提早歡度週末。」老公嘰哩咕嚕，一口氣的揭開了洋人公司的特別福利。

話說二十五年前，當阿鑫一家子在白雲故鄉經過一段時間的休養生息，將原居地擔任大學教師及電腦顧問的辛勞逐漸卸卻，身心體力益形健碩充沛後，開始嘗試投身此地工作行列。很幸運的，初試啼聲，即蒙青睞，以唯一華裔人士，進入這家專事生產船上魚群探測器、衛星定位儀器的電子公司研發部。雖說九三、九四年間，紐國湧入了不少年輕有為、高學歷、高技術的青年才俊，但公司上上下下，依然充斥著金髮碧眼的西方白人，或黑髮毛利人。口操華語的炎黃子孫，寥寥可數。因此，工作上、閒聊時，彼此仍需以英語溝通。曾經有位家鄉來的朋友，興致盎然的表示：在此地工作，比在原居地輕鬆愉快，每週二百五（基層人員扣稅後的實拿薪餉），還可免費學英語，何樂而不為？

據說在生產線工作，與原居地一樣，上、下班有打卡制度。稍微不同的是早上、下午各有一次茶點時間，讓員工緩和一下疲倦的雙眼、雙手。比較有趣的是下班鈴聲才響，儘管工作沒有做完，貢獻了一天的各式工具，仍舊留不住歸心似箭的工作夥伴，被七零八落的棄置工作臺上，靜靜的歇息著。而停車場內滯留一天的汽車，更是早已伴隨主人絕塵而去。由於西方社會謹守工作時間、及下班不做公事的觀念，使得公司工作進度雖不致落後太多，但也無法突破。因此，幾年裡，一直是業績持平，沒有驚人盈利。

就在一次訂單突增，必須廣徵人才之際，這家公司加入了一批為數不少的龍之傳人，並在短短時間內隨著華人勤奮的士氣，業績拉抬了起來。從此，不但令洋人老闆「鳥心大悅」（Kiwi鳥是紐西蘭國鳥，紐國人自稱是Kiwi），對華裔更是刮目相看。再次招募員工時，幾乎百分之九十以上的新進人員都是華人。此時此刻，該是老闆免費學習華語囉！

自從，大批華人入主生產行列後，謹守工作崗位，努力、勤奮外，也改寫了以前紐國本地人不加班，動輒談判調薪、福利的特有風情。而中華兒女捆款、認真的作為，更是令Kiwi老闆印象深刻，傳為美談。

雖然，紐國居大不易，就業更難，但憑著華人的一流技術、敬業樂群、實幹的精神，在未來就業市場上，必是光明燦爛，大有一番新氣象。

15 童心

九月份以來，除了間歇的紛飛細雨外，大雨滂沱的日子，已然隨著日漸褪去的冬衫減少了許多。

東方剛露白，大地還沉浸在呼呼鼾聲中，春陽已等不及撒落。棲息樹枝的鳥兒被一一喚起，吱吱喳喳的忙著幹活。紫色叫不出名字的小花，也是睡眼惺忪、哈欠連連的左搖右晃。這還不打緊，刺眼的金光，硬是想盡辦法，擠過厚重的帷簾，斜入內室，侵擾好夢正酣的阿寶，把她拖出屋外，來個花園巡禮。

微曦中，一陣長，一陣短，另類交響樂夾雜著曼妙童音，由遠而近，穿透圍籬，沁進早起人不成調的「春晨頌」，構成了聲歷聲立體動畫。

「hello!」金髮女孩怯生生的說。

「你好！」對門靦腆的韓國小朋友，試著用她不知那裡學來，生硬的華語打招呼。

「Good morning!」梨渦微現的南非小孩，露出雪白牙齒道早安。看著三四個蹦跳小女孩，激起了阿寶未泯童心，吆喝她們進入花園，一字排開，並坐石椅，開講起來了。由馨香玫瑰，到原居地罕見的魚刺瓜、菲韭，孩子們愉快的表達各自的見聞。甚至自己國家的趣聞、逸事、不同的習慣、風俗，都如數家珍般的滔滔不絕，大肆秀出。說到得意處，孩子們甚至站起來，手舞足蹈加深印象。除了訝異於孩子的博聞，也驚詫於孩子們的善於與人相處。小小年紀，便知道如何與人和好，敦親睦鄰，將來必是個成功的外交家。

「Mary, where are you?」正談得口沫橫飛、興致高昂，kiwi 媽媽尋聲找過來了。才想打發大夥解散，結束雞同鴨講的閒聊，誰知這位素未謀面的鄰居太太，竟然在花台旁邊拍拍，一屁股坐了下來，還堆滿一臉笑意的自我介紹一番。

「Wellcome! wellcome……。」恍惚間，阿寶擠出了生澀的歡迎詞後，嘎然而止的沒詞了。

「快，快，你來跟她說……」正愁接下來該如何應對時，讀中學的孩子們及時趕到。阿寶把棒子交給他們，自己喘口氣、歇會兒。說真的，移民初期憑著有限的肢體語言，跟洋孩子們勉強打混還行，真要正正式式跟老外聊天，心裡確實有那麼點兒障礙。

儘管希哩呼嚕、東拉西扯，但不斷的笑語震天，溫暖四溢。不但彼此開心，還拉近了原本陌生的兩家人。不，該說兩三國人，其間的收穫真是始料未及。雖說童言童語，不足為訓，但其間蘊涵的哲理，卻是如此的深具意義。

常言道：「有愛心，社會就會和諧。」經由這次非正式的聚會，讓阿寶深切體驗到：雖非同胞，語言亦不相同，但不會造成隔閡。不論大人、小孩只要互相有愛，彼此包容，人間自有溫暖、和諧，不是嗎？

16 伴

「淡淡的春天，杜鵑花開在後院邊，玫瑰花開在小牆邊……」不知什麼時候開始，老伴也時髦學少年，加入音樂創作洪流，填起歌詞來了。

記憶中，打從春神降臨塵俗後，每逢黃昏時分，映著金菊彩霞，老伴佝僂的身影便伴著花剪、小鏟，規律的動作，左左右右，追隨著迴蕩在空氣中的自創歌曲，起勁的在前院活動。

「不好了，手指頭被菜刀切了！」一陣風似的，老伴的身影竄進了廚房，對著面色凝重，高舉血流如注手指，驚慌失措大叫的傷者，使出急救功夫。

拿出急救箱，非專業的把不知沒入菜裡，還是水流沖走了的肉塊母體——食指，施救完畢後，老伴噓口氣：「唉！我還以為指頭砍斷了！」

「真沒良心！」話雖如此，但這一路走來，什麼事不是老伴倆互相扶持？

＊＊＊

「叮咚！叮咚！」星期天起得晚，剛用完早餐，準備喝口茶，忽然門鈴有氣無力的響了兩下。經常在後院曬衣場，笑瞇瞇的遞上一袋紐西蘭特有水果「翡糾阿」的阿婆，突然大駕光臨。

「請進！」九十歲老人到訪，全家受寵若驚，趕緊出迎，探個究竟。

「Michael, ……I would like……」阿婆一個字一個字的說。原來是昨夜強勁的風，吹垮了牆邊大樹，圍牆坍了，但是兒子一家度假未歸，希望鄰居的我們過去幫個忙。

「No problem, No problem……」一向「助人為快樂之本」、正在上高中的侄兒，歡天喜地的打前鋒，衝到隔壁院子，試圖螞蟻搬象。

「你一個人不行啦，大夥兒一起來。」

就這樣，你扛那邊，我推這邊，拔河似的一個接一個，終於把龐然大樹，自倒塌的牆身上挪開，也把受損的籬笆修復完工。

老太太咧著嘴說「謝謝！」。

＊＊＊

可不是嗎？人是群居動物，終其一生都在人海中相伴度過，無法離群索居。在家庭裡：少年夫妻老來伴，彼此提攜，患難與共，在人生波濤中，伴隨各個波浪，浮沉前進。上學的孩子：在無涯的學海中，疑義相與析，與同學一起研究，互相討論疑難，共同解除困境。古語說：獨學而無友，必孤陋而寡聞。心理學也有這麼句話：同儕間的認同。儘管是幼稚園兒童，我們不也常見他們小手拉小手，一同上學去嗎？社會上，不管是獨資經營，亦或合夥共創公司的老闆，都各有其組織或行業同好，胼手胝足，打定天下。即便是小說故事創作，除了男主角、女主角外，寫作者還要編排無數人物，相伴發展情節呢！

平時運動，若沒有節奏相伴；跳舞，沒有音樂拍子搭配，必是步伐凌亂，缺少個中情趣，乏味極了。難怪詩人李白說：「……獨酌無相親，舉杯邀明月……。」與明月同喝共舞。

常言道：紅花綠葉，相得益彰。花兒尚且需要綠葉作伴。回過頭來看看，秋冬時候的枯枝敗葉，一棵棵光禿禿的樹幹，寂寞的挺立，偶而出現的狂風驟雨，雷厲的潑灑在毫無遮蔽、無以保護的樹身上，大地顯現的，不只是一片淒迷，還夾雜著一份沒伴的無奈與悲涼，這等景象，令人目睹之後，想必也「心有戚戚焉」吧！

唐朝詩人陳子昂說：前無古人，後無來者。只因如此，他便「天地悠悠，愴然涕下」。

有時我們看電影，螢幕上出現踽踽獨行的背影；一人獨坐搖椅的鏡頭；垂暮老人伶仃終老，身旁只有一隻忠狗守護，不禁要悲從中來，無助、無依，甚至害怕、緊張、肅穆的感覺，幾乎令人窒息。

原來，伴——除了鏡頭上的協調，竟還有共同扶持，溫暖人心的作用；而「天涯我獨行」，竟是這般難耐、驚恐，甚至不愉快的經驗！

17 泡湯

「走，早點出發，不用當沙丁魚，摩肩擦踵，池子間換來換去。」

「自己的國家自己救，這是你的背包，背上吧！」

九點剛過，老伴就在耳邊催促上路，於是乎兩個年近七旬老人，循例各自背上備妥必需品的行囊，往目的地：Waiwera thermal pool邁進。

到達時竟然被擋駕門外吃了閉門羹。幾個沒弄清楚時間，跟我們前後趕到的同好們，零零落落的散坐門外大樹下。

「哇！早起的鳥兒還不一定有蟲吃啊！」

「我們來早了啦！十點才開門，還差十分鐘。」老伴怏怏的說。

＊＊＊

也許是時間還早，也許是星期日上教會做禮拜去了，這個水溫適當的Sophia

Pool，除了兩個洋人外，仆仆作響、偌大的池子裡，任由我們兩老徜徉其間，縱橫來去，從這頭走向那頭，交通順暢、絲毫沒有「堵車」衝撞的危機。

「來來來！好好的按摩按摩後背，放鬆一下！」逮到如此良機，老伴不急不徐的蹲在按摩孔邊，恣意的享受著「搥背」的樂趣。不落人後的我，也霸佔另一個按摩水柱，嚐嚐被熱燙敲背、折磨「受虐」的滋味。

「撲通……」正閉目養神之際，三個小洋娃躍入水池，水花四濺外，還激起了片片漣漪，彷彿水中芭蕾似的，攪亂了一池「湯水」。陸續進場的「湯客」個個目瞪口呆，當然也喚起了每個人的好奇心，睜大眼睛欣賞這幾個洋妞的免費娛賓活動。

霎時間，池畔蜂擁而下的洋娃娃，帶動了這場「水舞秀」。會跳的，使出渾身解數、拚命扭腰擺臀，大秀各具魅力的個人舞姿；不會跳的，輸人不輸陣，也在一旁秀其自創的獨門絕招。此起彼落的水花，比起上月初「煙火節」的煙花，其「燦爛奪目」的光景，絲毫不遜色。

「有長者昏倒了！快救人！」

當大夥兒不論認識與否，國際舞群似的手拉手，忘情、歡樂的載浮載沉在湯池裡享受著各式舞步之際，一陣慌亂的尖叫夾雜著救護車的鳴笛聲，為這場罕見的泡湯樂劃下了不樂見的休止符，結束了「湯池之約」。

18 老人交誼

自從搭上「泡湯」列車後，M夫妻倆不只是週末、假日從不缺席的帶著行囊，走進這個位於Waiwera郊區的溫泉場域，甚至還買了月票參與相關活動。

這天，才走進Sophie Pool門檻，發現Susan已四平八穩的漂浮於老位子，咧著嘴揮手致意。緊接著Rose也撲通一聲跳進了水池。

「這是Susan，是從醫院退休下來的專業護士。旁邊這位是她的夫婿John，從事廣告設計，退而不休，仍然幫著需要作廣告的商家，做專業設計。夫妻倆都是虔敬的基督徒。」

「這是Rose，是從老人院退休下來的專業護士，對於服務老人有獨到的技巧。Stanley是她的老公。年過從心所欲，不踰矩的年紀，退休後，酷愛泡湯，每週末領著妻子，帶著游泳棒，靜靜的泡在溫熱水中，享受湯池之樂。」

M妻不僅可以跟這些洋人朋友們談笑風生，還可以為同屬護士職業、但服務於不同領域、彼此互不認識的湯池之友，居間介紹。在短短一小時的「養生」活動中，充滿著笑聲，洋溢著歡樂，不但身體血液循環暢通，幾位朋友間，友誼之路更是越走越寬廣。

除了女士們有說不完的話題外，幾個月前，在「湯池」裡，還意外的「艷遇」了一位能言善道的「單身貴族」Dermote。提起這位年近八十，雖喪偶獨居多年，但絲毫沒有寂寞感，熱衷於唱歌、跳舞，還能在園子裡蒔花弄草、種菜，幫鄰居修園籬的資深頑童，跳進池子後，總是麻雀般呱噪不已。上自天文，下至地理，他好像無所不通，總有聊不完的故事。碰到每位湯友，不論舊雨新知，都不會吝嗇的給個微笑或寒暄。一小時的泡湯時間裡，話題不斷，真是泡湯附送免費英語老師，確實令人「驚艷」不已。

也許東西方文化的不同，Mr. Dong，這個池子裡的模範生，就不同了。每週末耗費數小時，千里迢迢從大奧克蘭市的西區轉乘三班公車，或自行開車，遠赴遠北區（Far North）泡湯。當他抵達時，總是悠閒的靜臥池子角落，讓流瀉於出水口的溫泉按摩拍打背部，只在泡熱了，口渴時，偶而離開群眾喝兩口水，又走回湯池繼續他的例行泡湯，獨來獨往，絲毫不干擾旁人，旁人也不在意他的來去，互動很少，彷彿不食人間煙火的仙翁。

這個水溫四十度的池子，似乎是專為老人特設的，除了少數中年人外，聚集在此享受溫泉之樂的群眾，多為慈眉善目高齡長者。由於聽力的老化，心情的放鬆，這個儼然老人交誼室的空間裡，永遠播放著高分貝的歡樂笑聲，交錯著不同於其他池子的氛圍，溫馨舒適。

19 山海之約

從教職退下後，阿寶兩老流連於「郊野健走」、「咖啡館」、「畫廊」、「圖書館」、「跳蚤市場」……，探索之前因工作忙碌而無法見識到的風俗文化、人情世故外，也讓自己藉此舒壓。

在同事們相繼推薦造訪農村、走讀鄉野、參與森林療癒之際，雖是時序進入初冬，清晨嚴寒低溫，依然擋不住阿寶兩老走訪山巔水湄，深入群山萬壑的意志。每個週末，隨著鬧鐘溫柔的呼喚，準時爬出暖和被窩，漱洗，用完簡餐後，共赴不同族群組成的聯合國式健行隊伍，踏上晨曦之約，進行擁抱山林、海灘漫步的健走之旅。舉凡Rotorua、Katikati、Widerholm、Orewa beach、Waiweira thermal pool、Sunnynook 運動場，孔雀公園，到處可見他們遊憩的蹤跡。

歷經多處健走之後，兩老對於Orewa林蔭步道與海灘，印象特別深刻。這個紐西蘭北島的沿海小鎮，在奧克蘭市中心以北四十公里處。除平坦的海灣步道外，其延伸約二公里，白色沙子、漂亮、乾淨、可愛的沙灘，是奧克蘭最長和最安全的海灘之一，很適合散步、跑步、曬日光浴、遛狗、游泳、衝浪和釣魚。

天氣晴朗的時刻，在Orewa主要大道旁經常舉辦各式活動，如，街頭藝人表演、車展、兒童遊藝等活動，週末還有當地農民的有機食物市場。這時，兩老會趕趟兒似的，起個大早，花半小時車程的趕往參與盛會，深入不同城鎮的文化。

當不同年齡層孩子們抱著大小滑板、單車，在固定的場地：Orewa skatepark，競相做出各種花式滑行；洋人忙著在海邊放下釣竿，從車上推下小船、扛起衝浪板，走向海浪，準備垂釣、揚帆之際，健行隊伍的夥伴們，除卻曲徑通幽，頭頂晨曦健步如飛的競走於山林步道，呼吸清新的芬多精外，有時大夥兒也手拎運動鞋，迎向海洋，赤腳踩在沙灘細白沙上，認真的實踐著「接地氣」的活動。

無論是一起從沙灘的這一頭走到另一頭，或遊走於山林間，沿途，來自不同隊伍的朋友們互道「早安」，Morning、Hello的招呼聲，飛揚在清晨寧靜、涼爽的空氣中，雖然個個汗流浹背，但，人人精神抖擻，臉龐上洋溢著滿足的笑意。最有趣、最為人們津津樂道的是：不管是漫步、騎車運動，還是沙灘散步，幾乎少不了各種貓狗相隨的鏡頭，既蹓狗，又達成運動目的，充滿著樂趣。走累了，大夥兒相偕在衝浪俱樂部前停下來喝一杯飲料或吃些點心，迎接朝陽、欣賞旭日，享受著另一個美好時光的起始。

陽光、海浪、沙灘、散步群眾的笑聲，塗抹出一道亮麗的風景線。徜徉在如此步道，親近著湛藍海水，擁抱著青青遠山，確實走它千回也不厭倦。

20 決戰黑金

在坊間傳言日飲適量咖啡有助保護心臟時，朋友戲稱此一黑不溜丟的飲料為「黑金」，彷彿養生聖品。

記得小時候，對於咖啡此等黑漆漆、苦澀的飲料，壓根兒沒概念，印象中那是富貴人家的高級飲品。不知其為何物的阿寶，雖不像洋人朋友，看到黑黑的海帶就退避三舍直接排拒，但也從來不曾想過去沾惹它、嘗試它。

想當年，在座落於奧市的執教學校，成立初期，雖經濟拮据，但為了滿足無咖啡不歡的教職員工們，學校還是所費不貲的購置了一部功能齊備、具有各式口味的咖啡機，矗立於員工休息室，方便隨時取用。但在使用者付費、不浪費的原則下，每倒一杯咖啡，得投注五毛錢以為回饋。阿寶，一則自認為化外之民，非其族類，無此雅興；一則心疼荷包，節省經費，因此，堅持與之拒絕往來，乾飲熱開水了事。

曾幾何時，當東方遇上西方，在嘗試過幾次，不敵馨香環伺，禁不起氤氳透骨，同事間陶然神態的誘惑後，竟然投降、身陷於所謂的「黑金」王國，一腳踏入濃濃奶泡、熱騰騰的「卡布其諾」圈中，從此無法自拔，每日一杯以解枵饑。

日復一日，喝咖啡竟然成了每日例行功課，當「癮蟲」肆虐之際，哪怕再忙，也要放下手中工作，輕啜幾口。朋友警告的骨質疏鬆、失眠，早已拋諸腦後，煙消雲散，不復記憶。更誇張的是，不知何時開始，廚房吧台上已悄悄的站立著一部咖啡機，三、五個星期，還得上Albany 超市補貨，方便週末「過癮」。

多年來，阿寶一家三口不但被咖啡族群俘虜，與其成為莫逆之交，甚至成為咖啡屋的ＶＩＰ。在每日午茶時刻，與老公相約沉浸於咖啡的舒適與寫意，品味各式咖啡釋放的暖流，享受舌尖的愉悅氛圍。

21 復出

難耐「獨眼俠」深居簡出蝸居的無聊，一身勞碌似活龍的阿寶，戴著眼罩視線不佳，也要四處趴趴走，走入人群，沾染聖誕氣氛。

聖誕節前夕，眼疾復原一週後首次復出，阿寶花了近二小時光陰，和老伴現身於Okura Kauri Bush（貝殼杉林區）的懷抱，徜徉於蜿蜒的林間步道，沐浴於清涼沁脾的芬多精場域，開始接受大自然愛的洗禮。

在這個森林區裡古木參天，步道雖崎嶇，但乾淨的木質棧道，步行安全易走，沒有溜滑的疑慮。體力好的遊客或健行客，一趟走下來約需兩小時。這座高度受到健行人士青睞的綠園，由於種植的貝殼杉樹（Kauri），都是屬於保護的植物，因此，杉林入口處放置了殺菌藥水，人們在進入森林之前，都得先噴灑藥水，刷去鞋底的泥土，以防細菌破壞樹種。

為了重拾往日記憶，見證山林療癒的健身效果，繼Okura Bush健走後，趁著清涼的「夏之晨」，阿寶繼續走訪位於Waiwera地區的「Wenderholm Regional Park」，穿梭於蜜蜂採蜜嗡嗡作響的Manuka樹下，聆聽海浪拍岸、捎來的聲聲溫柔慰問，心曠神怡外，也洗滌了全身的疲累，舒活了筋骨。

綠園負責人，為避免狗兒不慎攻擊了保護類動物或鳥類，不准許遊客們將狗帶入此一森林區。除此而外，Wenderholm Regional Park確實是個青山綠水、風景如畫的美麗公園，既可悠閒地散步談心，海邊也可戲水、游泳。大片草地平整似軟毯，孩子們可以無所畏懼、放心的在這裡打球、遊戲。

偌大的公園裡，還附設了不少衛生、乾淨的投幣式天然氣／電熱燒烤，遊客們只要自備燒烤食物、麵包，帶個坐墊或席地而坐，就可享受一天歡樂有趣的戶外野餐活動，度過閒適的一天。

22 週日巡禮

一道金光直射眼底，亮麗的日照，幾乎叫人睜不開眼。阿寶不得不放棄與周公嘶殺得不可開交的搏弈之約，打住正酣美夢，一骨碌的披衣坐起，當然也忘不了揪起高臥隆中的老公。一番簡單漱洗後，相偕踏上「週日巡禮」去也。

薄薄的涼意，略帶馨香的空氣，稍嫌沙啞的鳥鳴，加上路邊地毯似的鋪了一地的落葉，給這寧靜的初秋平添幾許蕭瑟。尤其是週日清晨，一路上店家門扉緊閉，偶然疾馳而過的汽車外，就只有三三兩兩的慢跑者，點綴著寂寞的小鎮了。

了無新意的街頭景象，驅策阿寶二老的腳步迅速轉往人潮稍多的「跳蚤市場」。這是度假景點外，假日裡唯一見生機的區域。方圓五百公尺左右的市集，大清早就陸陸續續湧進了各色人種：閒逛的、搜尋古物的、買便宜貨的、市場調查的，扶老攜幼、排排站的佇立於各式攤位前，其熱鬧情景，儼然廟會一般。若一定要挑出別於亞洲國家的異趣，那大概是缺乏一些親切的叫賣、吆喝聲吧！

排列整齊、潔淨的攤位上，羅列著各種新舊日用品、花草植物、蔬菜水果，甚至熟食熱狗、薯條、漢堡，也一應俱全。蔚為奇觀的是不合時尚、使用過的衣帽、鞋子、皮包、童玩、碗盤杯碟、家庭修繕工具、電器用品、盆景、窗簾……充斥其間，而漫步徘徊的Kiwi們，亦毫不猶疑的站下來挑選、試穿。買賣雙方在經過一番討價還價，談妥彼此都能接受的價碼後，生意就算正式成交，客主盡歡，開心的互道：Thank You, have a nice day.祝福彼此有個愉快的假日。

面對這些滿足的笑容，稱心的帶著「戰利品」離去的背影，霎時間，阿寶腦際幌過一連串的疑問：那些舊衣物不是別人穿戴過的嗎？衛生嗎？方便嗎？……

此時此刻，勤儉持家的觀念，似乎已不專屬於中國人了?!

迷惑間，大鬧空城的五臟六腑，催逼著二老離開這個繁忙的角落，走向另一撮小人叢——早餐店。眼看著店主給的點食單（Menu）：Omelet、Egg、Bacon、Sausage、waffle 、salad、sandwich、muffin……，與故鄉的燒餅、油條、饅頭、豆漿大異其趣，也頗具學問，這下可真費周章了。在瀏覽了一遍又一遍，仍舊茫茫然不知從何選擇的情況下，兩佬自作聰明的想：英語國家，就點個「英式早餐」（English Breakfast）吧！

「嗄！二杯tea。」老公瞪大眼凝視。

不對，不對，阿寶掩飾著滿臉土氣與羞澀，很懂似的走向櫃檯，指著Menu與小姐嘰哩咕嚕一番，又點了幾樣自以為是Kiwi式早餐的東西，外帶二杯咖啡後，滿意的想著：這回該錯不了了吧！

「哇！老婆你請幾個人吃？」面對著桌上兩大盤土司、什錦蛋包、西式香腸、火腿，兩小盤水果拼盤及「卡布其諾」（cappuccino）咖啡，老公訝異的捂著嘴說。

「既來之，則安之，吃吧！」阿寶壓低嗓門說。

像似怕弄痛了刀叉、又像似淑女，阿寶小心翼翼、斯斯文文的在大腿上鋪好餐巾，拿起餐具切切割割，一小塊一小塊的往嘴裡送，表現出很享受的樣子。

費了個把鐘頭，好不容易兩個鄉巴佬終於有模有樣的用完了偉大的早餐，輕巧的擦擦餘香猶存的嘴角，撐著肚皮結束移民生涯中第一次的「週日巡禮」。

23 釣鱒

每年十二月、和次年一月是紐西蘭學生的假期，而耶誕節、新年前後，更是一般人的渡假時間，我們既然移居這個地方，當然入鄉隨俗，免不了也要加入紐國人的行列，一起走出戶外happy happy 去了。

雖然，早在幾年前，南、北島已大致轉過一圈，在這塊人間最後的淨土上，烙下不少深深淺淺的腳印，但陶波湖（Lake Taupo）的面紗，似乎還沒真正掀開、還沒仔細賞玩，所以此次行程，便將紐西蘭最大湖泊：陶波，列入探訪地點之一。

這個由火山爆發所形成、與新加坡面積差不多的陶波湖，具有上百個海灣（bay），不但湖岸極富變化，風景秀麗，成為遊覽景點，同時還是世界有名的釣魚勝地呢！特別是釣鱒，名聞遐邇，讓人趨之若鶩。

根據朋友介紹說，北島的羅陀魯亞湖（Rotorua）和陶波湖裡，密布著各類鱒魚，常見的有彩虹鱒（Rainbow Trout）和棕鱒（Brown Trout）。但這種貴氣、刁鑽的特殊魚類，不是人人唾手可得的。垂釣者若不是技巧純熟，或是具備豐富的湖岸釣鱒經驗，經常會趁興而去、敗興而歸，毫無所獲。因此，為了不減遊興，又能有一次愉快的嘗試，同行出遊的幾家好友，合資請來了深諳箇中門道的專業嚮導，駕著類似遊艇的大型釣船，追尋魚蹤，享受生平第一遭的「釣鱒樂」。

眼看租船的三個小時，一分一秒的過去了，一字排開標兵似的魚竿，依然平靜的佇立於明鏡般的湖面上，絲毫沒有「鱒」友青睞、造訪的跡象。唉！姜太公釣魚，願者快上鉤啊！

風強雨驟的天氣，搞得充滿期待、興致盎然的每個人臉上濕漉漉的，一時間，也分不清究竟是雨水、濺起的湖水、還是汗水了。

「有了！有了！」在一陣尖銳的呼喊聲中，外子緊握的釣竿上，一條碩大、色彩絢麗的彩虹鱒，正努力的搖首擺臀、上下左右晃動，企圖掙脫魚鉤的束縛。霎時，遲來的喜悅，籠照著每一位朋友綻開花樣笑容的臉龐，全船為這唯一到訪的「鱒」客鼓掌歡迎、喝采不已。

經過嚮導專家的說明後，大夥兒終於豁然開朗，原來天時、地利、魚餌都有可能影響鱒魚的漁獲量。釣客如果想在湖泊釣鱒，最好是選在每年的三月以後，尤其六、七月間，時值本地冬天，氣候寒冷，又是魚兒產卵期，魚群會浮游在淺處，若於此時垂釣，比較容易有豐盛的收穫。

值得注意的是在紐西蘭釣鱒，必須具有湖泊釣魚證，同時漁獲量及魚的大小，也要受到政府法令的限制。若不依規定，一旦被檢舉，除了巨額罰款外，釣魚用的釣具及車輛也會被一併沒收，得不償失。

不過，有興趣釣鱒的朋友，倒也不必因噎廢食，只要透過當地飯店或相關單位代辦釣魚許可證，就一切OK了。試試箇中樂趣，試試手氣，必會像我們一樣回味無窮！

24 搬家

蟄伏了大半個冬天的玫瑰，不知何時起，竟然羞人答答的換上嫣紅粉黃的舞衣，瞇著一副深情款款的眼眸，站上舞臺，因著春風搖曳生姿，準備為今年第一齣的舞劇暖身了。

那年，剛打點完搬家事宜，為了增添枯寂小園熱鬧的氣氛，多一些生活情趣，老伴千里迢迢的從西區（West Harbour）玫瑰中心迎來這批貴賓。但為了不怠慢這些嬌客，兩口子闖進了大字沒認得幾個的洋人書店，專家似的一口氣選購了好多本附有插圖說明的「花書」。在潛心研究了幾天，又請教了左鄰右舍後，立刻按圖施工，依著書上圖片說明，把這些嬌滴滴的新朋友，妥妥貼貼的安頓在舒適、雅致的Compost溫床上。接下來，當然就是每天的晨昏定省了。除了早早晚晚撥出若干時間陪她們「喝水」外，有時還得給她們「吃點營養」（施肥）、小心翼翼的噓寒問暖一番，真可以大言不慚的說，呵護得無微不至。

「又拈花惹草了？」隔壁晴文沒事總要趴在籬笆上逗逗樂。

「是啊！你家玫瑰長得好吧？」打從玫瑰園建起來以後，兩家的「花癡」經常交換「花經」多過「兒女經」。

「準備搬新家去了，沒空管玫瑰了。」晴文賣了房子，很快就要搬了。

「恭喜你搬新家，以後信件、報紙要不要我幫你處理？」我熱心的說。

「謝謝！一切都跟郵局、電信局談好了，有空來新家坐坐。」

根據晴文的說法，這裡的稅制雖然偏高，但很多服務倒是做得不錯。就拿這次她搬家來說，郵局有一種叫「Redirection of Mail」的服務，只要喬遷者到住家附近郵局拿一張申請表，填好轉寄的新地址送回去，約三個工作天后即可生效。此後連續三個月，郵局會免費代轉所有平信到新地址，除掉每天新舊家奔波拿信的麻煩。三個月期滿後，如果希望郵局繼續代轉信件，這時就必須「使用者付費」，郵局要酌收服務費了。至於包裹、快遞（Courier Post）或私人信箱（Private Box or Private Bag）的郵件，則恕難代轉，得自行料理了。

除此而外，若想與本地朋友分享喬遷的喜悅，郵局還有一種「郵資已付」的美麗信片，免費提供寄給周遭的親朋好友，讓大家告訴大家，方便極了。

至於電話公司，服務一樣周到。當新居的電話開通以後，電信局可以三個月免費錄音，告訴用戶的舊雨新知，閣下已喬遷，新的電話號碼是……，省卻一一告知或聯絡不周的麻煩。不過一向將電話號碼保密，不欲他人知道的客戶，電信局為信守保密的承諾，也就礙難代為敬告諸親朋好友，得勞煩使用者，自行擇人奉告了。

不過，這也不必傷腦筋，另有一個補救辦法，那就是每個月花紐幣二十二‧五元，請電信局將舊電話與新電話「搭上線」，直接轉到新家去，這樣一來，應該就萬無一失了。也許花錢是大爺吧，這項服務是配合需要辦理，停止付費就停止服務，絲毫不受三個月時間的限制。

搬家是大事，有些朋友除早早選定良辰吉日外，更配合即時找到好的搬家公司。否則付出高額搬家費，東西打包被虛應一番，鋼琴受到斷腿斷臂的凌辱外，還得侍候搬家人員的早餐、午餐。更叫人難以置信的是，別人搬家二、三個鐘頭就一切就緒的事，不肖搬家公司可能會耽擱更多的時間（此地搬家是依時間長短付費），待酒足飯飽後，才能將所有家具定位，搞定搬家事宜。

當然碰上這種歹運的朋友畢竟不多，但對選定了好山好水、美麗新家園，準備進駐的朋友，不妨也瞭解一下與家鄉略異其趣的各項服務措施。

25

落紅片片

……夜來風雨聲，花落知多少。……

【唐】孟浩然

記得剛移居這個家時，正值掃完片片雪花邁入初春的季節。打開落地窗，那片青蔥翠綠斜倚在湛藍海水邊、象徵幸運的rangitoto山脈，點點帆影，及藍寶石般的普蘭可湖（pupuke lake），一覽無遺，盡收眼底。即使參差錯落的鄰家屋宇，中古式的、哥德式的……，也都各具情趣，真是美不勝收！

美中不足的是，後院裡一棵棵裸露著光禿身軀的葡萄柚、檸檬、fejeoa等果樹，儼然是留著大光頭、賊眼兮兮、探頭探腦的不良份子，叫人看了不舒服；又像是空蕩蕩、沒人玩的秋千，獨自晃啊晃，一片寂寥。特別是青筋暴露般趴在牆邊架子上的葡萄藤，更給人枯藤老樹的感覺。因此，全家人無不巴望院子裡的株株植物，都能像標兵似的枝繁葉茂的挺立起來，甚至果實纍纍。尤其是面對大門，客廳陽臺前的九重葛，若能在欄杆上遍佈奼紫嫣紅的花朵，配上紅牆黑瓦，肯定更令人心曠神怡！

「天下沒白吃的午餐，多關心關心它呀！」

「以前在原居地沒這麼大院子，花盆裡的盆栽，倒呵護的好。」

「偷雞也得蝕把米，多澆澆水啊！」生性喜歡「拈花惹草」打點庭院的老公適時的給出良心的建議。

「沒問題，你負責拔草、施肥，我管澆水。」老婆附和著說。

自此，一家子為了拯救「落紅片片」的院落，美化難得的「洋房」，認真的分工了。

誰知，一月份才剛剛從月曆上翻過去，奧克蘭的天氣，已然晚娘面孔似的，逐日陰霾了起來，情時多雲偶陣雨的脾氣，更是令人捉摸不定。

經過一夜歇斯底里的狂風呼嘯後，一片片外型纖弱、呈現淡淡紫紅色澤的花瓣，或橫或豎的自不甚寬敞的露臺悄然飄下，散落一地。霎時間，院子裡落英繽紛，鋪陳出厚厚的另類花毯，和那爬滿陽臺，儼然「大紅簾子高高掛」的九重葛，相互輝映。

26 聚會

以前經常說孩子不認真讀書，老想著放假、休息，曾幾何時，故事重演在我們這群語言學校老學生身上。我，是那麼的期盼假期。

Semester Break，這是學期中的休息，正好與Easter Holiday銜接，於是乎我們這群老學生，也有二個禮拜的空檔，舒緩一下緊繃的弦，暫時抛開說夢話都吱支吾唔背生字的困擾。也許是傳統，也許是……，不管怎麼說，總之，奧克蘭理工大學附設的語言學校在放長假前，每班學生與老師都會安排、設計些特殊的Meeting或Party，輪流到不同餐館去享用、見識世界各國不同的風味。比方說：有時候去日本餐廳；有時候去韓國餐廳；香港茶樓、臺灣小吃……等，既可嘗試不同口味，瞭解各國烹食藝術，又可聯誼，極具意義。

正當其他老師忙著徵詢學生意見，該如何處理聚會之際，玲老師毫不猶豫的約我們到她家去，更進一步瞭解紐人的生活方式、食物，甚至居家型態、家飾擺設，真正接觸到本地人的文化。俗語說：言教不如身教，顯然她也明白這層道理。

四月七日，天氣一陣陰霾後，終於細雨繽紛，帶來了些微秋意。忽而轉劇，下起了滂沱大雨。但阻擋不了這些興致盎然的學生們，參加老師家新穎而特別的聚會的熱情。玲老師（Lynn）來自加拿大，由於定居此地多年，她的加拿大英語夾雜著紐西蘭腔，較之純紐西蘭口音，似乎又容易聽懂些。

剛踏進座落於學校附近、優雅的花園洋房大門，便可聽到屋內傳來歡愉的談笑聲。再往裡面走，更是一陣撲鼻馨香，十二點鐘不到，我已垂涎欲滴，恨不得趕緊入內解饞。哇——！老師、同學是聯合國式的組合，連食物、飲料也是國際性的紛陳，這場面，分明是世界食品博覽會嘛！首先映入眼簾的是老師親手做的紐式蛋糕、餅乾及甜點。接著是同學們的日本壽司、韓國烤肉、泡菜、臺灣豬肉乾、鳳梨酥、香港小點，還有多種我叫不出名字，不知來自何方的精品。旁邊桌子則擺放著臺灣烏龍茶、紐西蘭紅、白酒、各式果汁、飲料及日本酒，香醇可口。

除了飽餐一頓，品茗、啜飲各種飲料外，重要的是藉此機會與同學、老師及其家人交誼。「學習」千日，用在一朝。平時老師點點滴滴的教誨，就在這個時候完全秀出來了。不分國籍、不分男女、更不分你我，每個人用同樣的語言——英語，述說著自己快樂的過去，憧憬著美麗的未來，暢談著自己的國家、文化及生活體驗。有人表演氣功，有人傳授做菜技巧，互相切磋，彼此學習。一股暖流，直透每個人心田，瀰漫整個屋宇。間或有人口舌結巴，下句接不到上句，頭、手腳、眼，各種自己瞭解的肢體語言，全都派上用場。如果對方還是不明白，便彼此哈哈大笑一場，解除尷尬場面。熱鬧、祥和、歡暢的氣氛，豈是「意趣盎然」四字所能盡述。

文化性、知識性、趣味性的活動，拉近了人的距離，提升了宴會的層次，替代了吃、喝、嘻笑怒罵的飯局，真是回味無窮的一次聚會。

27 班級派對

小時候在家鄉念書，雖不至於「晨興搭車去，戴月荷書歸」，但也相差不遠了。每天不是搶著跟太陽比早起，就是瞇著眼、疲憊的跟月亮道晚安。特別是在面臨人生大考之際，別說派對（party）、玩樂是奢侈，就是鬆弛一下身心，貪睡一會兒，都怕耽擱了時間。誰知來到紐西蘭後，竟是天壤之別，令人大開眼界。一大把年紀了，還可以時髦學少年，背著書包上學不說，學期即將告一段落時，大學裡的學生會（student association）還提供班級派對（class party）活動，套句孩子常說的：「有夠新鮮」。

當第十二週——研究所上課最後一週，每個人正為上臺發表自己一學期來的研究成果，製作投影片、寫報告，眉頭深鎖，忙得不亦樂乎，連休息的幾分鐘，都吱喳喳喳討論不休之際，「Hi!」一聲疾吼，七對驚惶的眼神，迅速投向眉開眼笑的班頭：「怎麼了？」

「學生會提供我們班級派對的各項食物、水果、飲料，各位認為什麼時候舉辦比較恰當，請表決！」班長打破憂心忡忡的氛圍說。

「派對？是不是開舞會？在哪裡？」阿寶好奇的率先發難提問。

「別誤會，不是舞會也不是大吃大喝的聚餐。」

「地點自選，只要每人交一塊錢，就有豐盛早餐、午餐或點心（finger food / snack food）」。

「如果每人付二十五元，外加一個班級五十元的押金，還可以租借烤肉用具，到外面校園裡烤肉（barbeque）。飲料嘛！有橘子汁、咖啡、礦泉水……等各種不同的飲料，另外隨飲料附送飲用茶杯。」班長連珠炮似的一口氣答覆了在場同學心中的疑惑。

「是西餐還是中餐？」西方學生真自由，有得吃，還得寸進尺、挑三揀四的要求。

「都有，只要是明列在學生會發出的通知單上的食物，我們都可以預定（order）。」

「比方說：早餐有兩種選擇，一是：麥片、土斯、水果。一是：有餡兒新月形麵包（croissant）、甜或鹹的松餅（muffins）。午餐有三種選擇，例如：第一種是各式甜或鹹的卷形帶餡兒麵包、加調味料的可口中國食物。其次是小型帶餡兒牛角麵包、雞腿、新鮮的切片水果。另一種是夾有雞肉、牛肉、蔬菜、花生醬、切片巧克力……等的大三明治、紅蘿蔔蛋糕。其他還有義大利香腸、醃漬小黃瓜、三明治及各式中西點心，樣式繁多，說不完，請各位發表意見，想吃什麼？」班長把知道的情形，補充的詳述一番。

「老師，我們可不可以邊享用學生會的美食，邊進行報告，舒緩一些緊張情緒？」有同學試探的問老師。

阿寶心裡正思索：不可能吧！上課時間，如何大啖美食？

不料，這位親和的語言學教師竟然點頭如搗蒜的一口答應：「嗯！這間教室不禁止吃東西，就在這裡吧！」

生平第一次碰到這樣有趣的畫面：課堂裡，長方桌的中央擺滿了學生會準備的食物——派（pie）、夾著火腿、蛋、沙拉、起士（cheese）、番茄、酸黃瓜的大號三明治、飲料、各式醬料，與參差不齊的散落在每個人桌面上的報告資料、上課講義、投影片、奇異筆互別苗頭，交錯成一幅前所未見、興味盎然的特殊景觀。

孩子們體諒阿寶這位年長「老同學」，動作遲緩又沒膽量，同意她最後一個上臺報告。因此，在輪到阿寶發表時，已是近午時分，也正是五臟六腑補充營養進食的時刻。趁著更換投影片的當兒，她眼角瞄了一下臺下的動靜、同學們的表情，一個個報告完後、大快朵頤、陶醉食物的老饕模樣，讓阿寶澎湃的心湖一下子靜定了下來，祛除了不少緊張的感覺。當然，舌頭打結的機會也相對的降到最低。

阿寶心裡想：如果有人問我對「班級派對」的心得是什麼？我一定會毫不猶疑的告訴他，那是我的「身心減壓劑」。

28 放暑假

地處南半球的紐西蘭，此刻（十二月）正值燠熱酷暑，放暑假的時候。

想當年在原居地，放暑假，幾乎是中學師生的夢魘。在攝氏三十度，地上柏油都會出汗的時節，為避免龍門點額，名落孫山外，每個莘莘學子犧牲假期，焚膏繼晷、夜以繼日的揮汗複習功課。即使是老師，也不惜放棄休假，返回學校，陪著學生「行遠自邇」的往前衝刺。猶記當時耳熟能詳的一句話是「愛拼才會贏」。凡此種種，無非是為名列金榜、為躋身高學歷、高職位而鋪路，所以——放暑假，唉，奢侈啊！

不料來到紐西蘭後，旋乾轉坤，局勢為之一變。二個月漫漫長假，孩子們不但絲毫沒有功課壓力，也沒有任何家庭作業。中五以上學生（十五歲），甚至還可以放下書本，立刻打工。只要孩子願意，送報、汽車美容、超級市場收銀員、ＤＪ、公司打雜、整理花園、麥當勞、餐廳跑堂、各種義工……，太多太多的工作機會，等著你去發揮。

更耐人尋味的是：多數人都認為打工神聖，孩子自己賺取零用為光榮，還可藉此機會增加經驗（據說學校畢業後在社會上謀職，這些經歷還是錄用與否的重要參考呢！）。難怪學校期末考未完全結束，很多學生已相繼擠向就業輔導處登記，或找報紙分類廣告、超級市場佈告欄，尋求適合的工作，打工去也。

也許會有人以為紐西蘭青少年學生拜金，只曉得賺錢，不懂得利用時間溫習功課，或者認為他們不懂娛樂。事實上並非如此，他們經常抽出空檔，給自己「度度假」，鬆弛身心。比方說：結伴出外露營、打球、釣魚、訪友……。經驗告訴我們，走出市區後，Motor Camp的招牌，觸目可及。不論山巔，不論水湄，一大片房車帳篷，櫛比鱗次，還真令我們這些初入紐國的新鮮人大開眼界，歎為觀止！各階層人士的運動風氣鼎盛，也是此地一大特色。高爾夫球、橄欖球、板球、賽馬、滑雪、遊艇、划獨木舟訓練，活動場地多，收費合理，全年皆可讓人樂此不疲，回味無窮。

正當Kiwi青少年為打工不亦忙乎，為度假不亦樂乎之際，反觀很多亞裔孩子，也不甘示弱，如火如荼的展開一系列英語、電腦、數學練習，與紐國孩子分庭抗禮，顯現出不同模式的「消遣」。至於戶外活動，頂多是由家長帶領著駕車外出幾天，於願足矣！較之本地青少年喜愛同儕間相偕同行，確是不可同日而語。

不同的族群，不同的文化背景，衍生出不同的假期生活方式，我們是該入鄉隨俗，任由孩子與本地孩子們同步，自由發展，還是保留「固有文化」——認真複習？

29 義工

淡淡的三月天，杜鵑花開在山坡下……

隨著三月份的到來，杜鵑花伸出了長長的脖子，探看美麗的世界。算算台灣此時該是迎接春假來臨的時刻了，但南半球的紐西蘭卻是蟬聲未歇，夏末秋初的季節。

各級學校二月初起陸續展開新學期的課程，執教的中文學校，也在這個時候進行著今年度新的教學計畫。每位莘莘學子除了孜孜矻矻的研讀英語課程外，更認真的學習自己的母語、文化——中文。看到孩子們辛勤的雙語學習，使我回想起多年前在本地小學、初中擔任義工時的情景。

義工，對於一個剛到紐西蘭的我而言，不是很熟悉的字眼，記得在國內時，那是興起不久的新玩藝兒，因此，儘管此地的義工充斥：電台義工、圖書館義工、學校義工、生命線義工、社區義工，種類之多，不勝枚舉。而自己也熱心有餘，很有興趣參與這項工作，無奈乏人指點迷津，終究無法達成心願。

好不容易，一位外國朋友提供良策，才有機會毛遂自薦，在附近學校安排下，進入English second language（簡稱E.S.L.）課程教室，嚐嚐當「義工」的滋味，協助新來的亞裔孩子語言學習方面的工作。

E.S.L.課程的貝克老師（Mrs.Baker）和我商量，每週四個早上，在她的教室裡，配合著她的教學進度，以中文翻譯、說明的方式，教導不諳英語小孩的日常生活用語。由於孩子們和當地學生一樣，還得上其他課程，所以除了E.S.L.的時間外，我也到孩子的各科教室去，幫助這些非英語母語的孩子們，了解老師上課說的重點，傳達老師交代的作業，方便他們了解課程內容，回家複習、做功課。

紐西蘭小學教育，面向寬廣。除了教育部給的教學大綱、教學目標外，沒有標準或固定的教科書，完全由教師自行收集教材、教具，在課堂上和學生以啟發式教學，與學生共同討論。在擔任授課教師、學生的橋樑過程中，當義工，對我來說亦是另一種學習，認識到別於國內傳統的「教」與「學」，為我日後在僑鄉的教學工作奠下良好基礎，其意義深遠。

30 這一班

提起這一班，還真是個趣味十足的聯合國式組合。

九三年左右，奧克蘭市北岸××學校除了臺灣、香港、大陸、星、馬地區的孩子，不斷湧進外，非華語母語的外籍生也暴增了許多。學校基於學生學習方便，進度容易掌控，將這批中華文化的渴慕者，依其既有基礎，分成不同層次的三個班——香港班、臺灣班、非華語母語班。這個由本地紐西蘭、斯里蘭卡、義大利與韓國孩子組成的綜合體，即是其中的一班。每個星期二、六午後，這些不諳華語、金髮碧眼的「洋娃娃」及韓籍兒童，夾雜在蹦蹦跳跳華裔小朋友行伍間，魚貫進入充滿書卷氣息、井然有序的課室，接受華語文教學。

個性與華人孩子迥異，處處表現出獨立自主的小「洋朋友」，由於首次踏入不同的學習環境（華人學校），在父母離開教室的剎那間，難免依依不捨，羞赧的在媽媽懷裡摩摩蹭蹭，摟摟抱抱。甚至眼神裡彷彿流露出「媽咪不要走，留下來陪我」。但這些舉動，絲毫掩不住他們對不同文化的好奇與興趣。才開學，大夥兒便吱支吾唔的用不知那裡學來的生澀單詞，表達出他們對老師的敬意，怯怯的說：「你好」。

「起立」、「敬禮」、「老師好」、「老師再見」、「謝謝老師」。

儘管這些孩子，壓根兒沒有華語基礎，老師上課必須以英語輔助教學，幾個年幼的韓國孩子，甚至還得透過大一點的同伴，以韓語翻譯，才能聽懂教學內容，但在「熟能生巧」的努力下，二個禮拜後，孩子們都能以華語配合行禮如儀，絲毫不會搞錯。

「窕屋」（跳舞），「學貓」（小貓），「敞歌」（唱歌）。

雖然屢次告訴小朋友，不同的音調，表達的意義也不相同。但對這些沒有四聲概念的「外國人」，要想字正腔圓、咬字清楚的說出每一個字，確是困難重重。就這樣，英語式華語，陰陽怪調，嘻笑不斷的玩了幾個禮拜後，終於個個能邊念邊帶動作的說：「小金魚，大眼睛，游來游去，游不停」。

說「玩」，一點也不為過。

為了引起小朋友學習的興趣，同時透過親身的體驗與參與，獲得充分的概念，往往上課前，老師得搬家似的，把課文相關的道具全數出籠，比方說：圖片、玩具、剪紙、掛圖……等，缺一不可。

教育學家提倡「鼓勵重於懲罰」。為了適時給於小朋友們獎勵，貼紙、獎章、糖果也要一併帶到。甚至為了寓教於樂，使教學生動活潑，老師還得粉墨登場，扮演最佳演員，配合錄音帶教唱各式各樣的兒歌、遊戲以及表演。一則便於兒童記憶課文；再則讓這些孩子，能很快的熟練母語以外的另一種語言，不致於疏於使用而忘記。有時為了矯正發音，小蟲一般的張口吐舌，一堂課下來，孩子腦袋瓜裡裝下了多少東西姑且不論，老師卻是嘴角發酸，精疲力盡，儼然參與了一場北約大戰似的——累極了。

正如孩子們不同的族裔背景，他們的學習情況，也略有差別。

美英、昭英這二個韓國女孩，九冠鳥似的，不但能比較準確的發出四聲，短短數週裡，竟能學以致用的用最粗糙的措辭方式，告訴老師他們想表達的意見，學習之神速，的確教人訝異。

白裡透紅的小臉蛋，永遠掛著一串甜蜜微笑的喬莉亞、喬治姊弟，是來自義大利的新移民。開學二週後，姊弟倆按時來到這個看似萬花筒，充滿情趣的中文世界，認真的學習華語。雖然小喬治的義大利式華語，經常讓班上小朋友捧腹大笑，有時為了撒嬌，膩在媽媽身旁，不肯跟隨姊姊走進課堂，但這些小插曲，一點也不影響他學習華語的興致，總是在陪著同學們笑完後，繼續大聲的念著課文。更令人感動的是搶答卡片上的注音符號，當眾表演圖片動作，或與其他小朋友共同玩猜字遊戲，不管答案是否正確，他都勇於一試。

愛麗莎，是個積極上進的女娃兒，每次回答問題，舉手最快的非她莫屬。紐西蘭籍的背景，使她有時候會抓不准四聲的音調，但絲毫不減損她發言的頻率。除此而外，她還常常自告奮勇的當起小小老師，幫助年齡略小的同伴，告訴她們如何抄回家功課，陪著她們一起念繞口的捲舌音。雖然學習不久，但很明顯的，小娃兒們已傳承了中華兒女樂善好施的美德。

最有趣的是韓裔小朋友安聖蘭、安世蘭姊妹。剛入學不久，注音符號尚且學不到幾個，更遑論國字。可是為了迎接中國春節，恭賀中文老師佳節快樂，姊妹倆特地私下拜師臺灣朋友，依樣劃葫蘆的按著朋友教寫的中國字，製作充滿中國年節氣氛的賀卡，擺到講桌上，給老師一個意外的驚喜。此舉不但窩心，也教人感動極了。

斯曼莎，若不在意她黑美人般發亮的膚色，必誤以為她是中國人。一口漂亮的國語，不但為她贏得校內演講第一名，七月份還榮獲奧克蘭教師協會主辦的非母語華語比賽第二名的佳績。

這一班，二十來個孩子，各有他們不同的學習方式：有的以自己母語幫忙記憶發音；有的請老師代錄發音，回家勤練；有的畫圖；有的全然死記；真是五花八門，不一而足。姑且不論這些孩子學得怎麼樣，有一點可以確定的是：他們的中文學習精神，絕不亞於華裔子弟。

這一班，宛如一個甜蜜的大家庭。每一位小朋友，猶如一株株春天剛冒芽的小幼苗。他們正饑渴的等待著園丁的澆灌，亟盼著專業的培植。愛心與耐心是這群幼苗的養分；勉勵與幫助是他們的食糧。對於身為臺灣來的專業教師，帶領這樣一個班級，是教學上的挑戰、突破，也是教學上新的嘗試與磨練。雖然教學辛苦，但別有一番情趣，樂在其中。因此，希望在經歷過原居地與這裡不同的教學技巧後，能與這一班一起學習，共同成長。

31 學英語

出國前，與外子商量，進補習班讀英語，免得到紐國後，雞同鴨講，溝通不良。當時外子認為到了英語系國家，每天睜開眼睛，走出家門，舉目所見，不是金髮碧眼，就是口操ＡＢＣ，還怕沒機會學英語？不如省下補習費買些size相符的衣服，避免以後到童裝部買衣服，那才糗呢！想想，也蠻有道理，於是乎全家大大小小過年似的，添購了一大堆新衣、新鞋，親友還笑稱是不是準備逃難了。

興奮、新奇、且略帶驚懼的捱過了長達十一小時生平頭一遭的空中之旅後，終於在晨曦的笑靨中，抱著劉姥姥逛大觀園的心情，踏上了所謂的世外桃源、人間仙境紐西蘭。

甫下飛機，即由一紙簡單看板，在人海中搜尋到了素昧平生的接機朋友——吳南海先生夫婦，靠著他們熱情嚮導，安頓好Motel，送上當季美果、佳餚，總算吃、住不愁，沒在異地他鄉餓著。但無可諱言的，仍然有一股殘障人士的感覺，倏的閃過腦際，難掩內心的惶恐。試想——一個個不同於方塊形漢字的楔形文字，幾乎瞎子般不認識。嘰哩呱啦，有別於家鄉英語課所學、紐式英語，聾子般聽不懂，啞巴似的不會回答。步出機場大廈，哇！汽車駕駛座在右邊，慘了，駕車也成問題，沒car就沒腳。唉！這光景，怎一個愁字了得。

就這樣，放下行囊，換上書包，阿寶一家老小立刻加入AIT的行列，學英語去也！

紐西蘭的成人教育，確實不錯，除了各地技術學院、語言學校外，社區教育中心散布各區。從各國語言基礎班到高級班，休閒活動班、或為謀生準備的商業會計班、電腦班、打字班、室內設計班、攝影班、繪畫班、園藝班、烹飪班、縫紉班、陶藝班，甚至為繼續修學位準備的基礎課程班（foundation course）……琳琅滿目，充分滿足每個人的學習需求。

最近因應日漸增多的新移民，社區教育中心更廣開英語會話及如何在紐國生活的課程，舉凡上銀行開戶、保險、看病、求職、買屋、買車、帶小孩上學，都在教授範圍之內，除去不少移民新鮮人適應上的疑慮。現在，許多教會也加入了支持行列：設立英語查經班、英語會話班，對有志進修英語的朋友，可說是機會良多。

就在移民家長們勤習英語，爭取謀生經驗，準備在此樂土落地生根之際，忽然傳出某小學拒收不諳英語之孩童入學，令該學區之移民家長錯愕不已，心頭陰霾逐日擴張。

想當初，小姪女來紐當小留學生時，年方九歲。原以為英語溝通不良的小女娃，一定會視上學為畏途，不消三日就束裝返回原居地。不料，就讀的Forrest Hill小學，不僅撥出時間個別教授E.S.L.課程，還指定一位通曉華語的小朋友輔導她，使小姪女不但絲毫不害怕，沒打退堂鼓，反而因為課程、教法比家鄉傳統的教育方式生動、有趣，更愛上學。每天，英語琅琅上口，盼望上課時間長些，上午九點上課，下午三點放學，太不過癮了。

曾幾何時，竟然出現這樣截然不同的現象，實在令人難以理解。再說，紐西蘭的英語教學舉世聞名，特殊教育更是有口皆碑。對於這些可塑性高的小學生，若能多一些耐心，融入紐國文化、紐國社會，相信是指日可待的。

不同的文化背景、不同的習俗，激蕩出多元色彩的生活，對學習力強的兒童，何嘗不是開拓國際觀，擴大視野的一個機會。更何況正如火如荼展開「漢語熱」，即將在各級學校普設中文課程之際，這些孩子也許就是英語母語教師們最好的小助教呢！

32 相約在午後

移居紐西蘭多年，吃遍麥當勞、肯達基……等西式餐點後，齒頰間，猛然釋放出原鄉味。即便是在家鄉時不甚喜歡的食物，此時此刻，在思鄉情愫中，竟也扮演起舉足輕重的角色。常常一塊豆腐、一瓶肉醬、一盤麻婆豆腐、蚵仔麵線，甚至一包零嘴，都能撫平多感、思念的細胞，高興上大半天。

「每個禮拜三近午時分這裡有各家免費報紙，我們就在這裡見，怎麼樣？」當北岸臺灣超市（T-mark）在住家附近開張後，好友突發奇想的這樣建議。

初秋，午後柔和的、亮麗的日照，灑在青青綠草地上，映射出青翠燦爛的金光，不但沒有燠熱、煩悶的感覺，反教人心情出奇的開朗。這時，三兩好友相偕逛超市，幾個人共推一部置物車，神情輕鬆的，腳步輕盈的踩在乾淨、發亮的磁磚地上，緩步微移，巡行似的找尋著各自的鍾愛，談談居住這裡的喜怒哀樂。當然，更多時候是去挖掘小時候的記憶，複習一下在海的那一邊曾經共同擁有過的甜蜜。偌大的超市，購物者不多，經常只有稀稀落落的幾個人進出，確乎是另一處免費、清靜的談天好地方。

茶樓，除了特有的茶香，還傳遞出各種小吃、點心香醇的美味，刺激著很東方的味蕾；熟悉的杯盤、調味品，馨香、溫柔的佇立一旁，睥睨的眼神，儼然久違的老友，流露出一股令人難以抗拒的真情，觸動著敏銳的心弦；這是超市以外，很適合幾個死黨閒磕牙的華人食肆。

經常，幾個好友在超市買完想念的食物後，轉戰茶樓繼續未完的話題，也祭祭五臟廟。飲食間、觥籌交錯中，蘿蔔糕、芋頭糕、燒賣、蘿蔔絲餅、鳳爪、春捲、海哲皮、牛肚、蝦仁腸粉……等食物散發出來誘人的吸引力，銳不可擋。隨著二杯香片下肚，話匣子更是一發不可收拾。大快朵頤之餘，彷佛又回到故鄉飲茶時刻。咀嚼著特殊口感的原鄉小吃，也咀嚼著流逝的韶光，無形中解除了因時空限制，無法親炙鄉土的愁緒。

奧克蘭目前雖然沒有真正的「中國城」[4]，卻不乏各式亞洲餐館、亞洲商店，舉凡泰國、韓國餐館、日本料理、印尼食品、越南菜到處都有，而名聞遐邇的中國美食就更不用說了，應有盡有。但不知怎的，對於臺灣口味就是情有獨鍾，這難道

[4] 此稿完成於二〇〇三年，而位於奧克蘭東區TiRakauDrive 262號的中國城，於二〇一〇年始正式成立。

就是所謂的「戀母情節」，戀戀不捨家鄉的獨門絕活?!

為了調適移民歲月中居家的閒情，為了填補美好的午後時光，在半退休狀態的日子裡，讀讀喜愛的書籍，做做快樂義工外，踏著和煦陽光，在「鄉味」十足的小街上，恣意的晃蕩，縱情的瀏覽，任真的品嘗，帶回一包包酸甜可口的食品，帶回一籮筐記憶深處的愉悅，試著滿足一下老古人口中「他鄉遇故知」的滋味，也圓一個「相約在午後」！

33 人約黃昏後

當時序邁入祝福的季節，太陽公公便一改冬日羞怯的個性，霸氣的獨佔著山頭。即使倦容滿面，依然遲遲不肯揮別這個多彩的舞臺。總得月姊兒播放「今宵多珍重」的音樂，吹起九點熄燈號角，不客氣的強下逐客令，多情的老人家才戀戀不捨、一步一回頭的走進夢鄉。

每逢這樣的時刻，慢跑、散步的人便倏的多了起來。除去平日熱愛運動、不畏溽暑、不分晴雨跑個不停的金髮洋人外，馬路上多了黑頭髮、黃皮膚、閒散晃蕩的東方人身影。

九月底、十月初調整日光節約時間之際，正是紐西蘭的春天，氣候和暖，不太冷也不太熱。隨著逐水草遷徙般的換過幾次家後，老兩口的足跡也踏遍了Milford、Albany和Forrest Hill區。除了熟悉新居環境，認識新鄰居外，趁便見識一下與原居地公寓大異其趣、各具特色的紐西蘭花園及各式洋房。

＊ ＊ ＊

「這位先生、太太，……。」伴隨汽車嘎然而止尖銳的煞車聲，高分貝的呼喊猛然灌進耳膜。顧不得回頭瞭解何許人氏，老公忙拉著老婆快速地往路邊閃躲，好讓來車順利通過。可是跳開好一會兒，「大聲公」來車似乎沒有「過」的意思。

「走！走！走！看晚場電影去——。」定睛一看，原來是疾馳而過的朋友發現老夫妻後，全車人馬折返邀約同往「程氏電影院」觀賞家庭電影。

頓時，響徹雲霄、開懷的笑聲，夾雜著趕場觀眾凌亂的腳步聲，彚入逐漸模糊的夜幕。

下午五、六點黃昏時分，儘管偏西日頭依舊熱情不減，光照大地，但商家老闆一點也不虧待自己，紛紛閉戶歇息。這時，除了區區可數的幾盞街燈兀自佇立，等候金烏退位外，只有寥寥可數的餐廳裡，疏疏落落的Kiwi饕客端著酒杯哈拉哈拉、說說聊聊，根本無法與入夜後街道煩囂，行人更多，霓虹燈更燦爛，又是卡拉OK、又是暢飲、熱舞、逛夜市、吃宵夜的亞洲型態相比擬。

即便是人稱「紅燈街」的奧克蘭K路，也不過是幾棟不起眼的建築，搭配路邊幾位清涼辣妹養養眼，如此而已，何來夜生活？

住宅區，更是萬籟俱寂。當落霞與孤鶩齊飛時刻，除了掌燈較早人家的窗戶透出些微昏黃光線外，周遭是一片寧靜。靜謐的夜空，寂寥的星辰，昏然欲睡的大地，令人彷佛走入「無人城」。為了排遣這樣漫漫長夜，來自繁華熱鬧的華人，於是各出奇招，家庭卡拉ＯＫ、家庭電影院紛紛出籠。

拜高科技之賜，只要一片新臺幣七、八十元的ＤＶＤ影碟，加上身歷聲音響，寬大螢幕的電視機，厚重的窗簾，就把電影院搬回家了；而一片伴唱ＤＶＤ，配上音效處理機、麥克風、大螢幕，就有了家庭卡拉ＯＫ。如此這般一下，亞洲式炫麗的家庭電影院，卡拉ＯＫ歌廳，不必執照，也不必上級批准，就可視需要擇期開幕了。

「獨樂樂不如眾樂樂」，只要某家有新的影碟、新片上映，一通電話，左鄰右舍、親朋好友便群起響應。不用購買門票，不用排定開演時間，大夥兒快快樂樂的共赴觀賞電影。為了符合看電影的樂趣，往往電影院老闆（主人）還熱情的備妥各式茶點、水果招待觀眾。不但視覺、味覺同得滿足，精神更是獲得舒坦，確是大快人心。

初期，設備雖然不很職業化，不敵色彩斑斕、光彩奪目的真正電影院，但比起二十多年前「日入而息」，太陽下山差不多就準備就寢、早睡早起的Kiwi生涯，華人的夏夜已不再是那麼蒼白失色了。

34 夏日情懷

幾天前，還時而低頭啜泣，時而放聲嚎啕大哭、淚流滿襟的蒼穹，不知怎的，這兩天不僅破涕為笑，還請來了太陽公公，鼓著紅通通的大圓臉，在亮晃晃的白晝裡，大剌剌的來個熱情的擁抱。剎時間，真教人有點兒受寵若驚、消受不了，不知該躲往何處？

入夏以來，這些天出奇的熱，又悶又乾的空氣中，嗅不出一絲風的氣息。幾年了，這是第一次有流汗的感覺。白天，若不把門戶洞開，似乎很難在屋裡待下去。

傍晚時分，為了驅走些許暑氣，用過晚餐後，迎著晚風，兩老沿著梅西大學（Massey University）森林小徑，信步晃蕩，順道拜訪一下休息了二、三個月的美麗校園。

不知不覺，已通過高速公路，踏進了房舍整齊、停車空間寬闊，掩映在一片蒼翠山丘間新近落成的亞柏尼購物中心（Albany Shopping Centre）。「Pak'N Save」

偌大的廣告招牌，立時吸引了二老的腳步，趕緊進去一窺風貌。

才走進大型超市，直挺挺站在櫃檯上白色精巧的電扇身影，攫住了兩人詫異的目光。

「對！買部電扇回去。」一路默不作聲，認真吸吮著清涼空氣、芬多精的老伴，見到稀世珍寶般的叫了出來。

提到電扇，說稀奇還真稀奇。回想當年，剛從濕熱的故居，搬遷來到涼爽宜人的奧克蘭時，不但絲毫沒有燠熱的感覺，還經常羊毛內衣隨身。至於電扇、冷氣就甭提了，似乎不曾聽過。就算有時氣溫高一點，只要窗門打開，陣陣涼風習習吹來，比電扇還管用。因此，幾年下來，腦海裡好像壓根兒沒有「電扇」、「冷氣」這回事，當然就更不用提購買它、使用它了。

事隔不多時，這個造型可愛的小精靈，竟然如獲至寶似的緊握在二老手上，甚至恨不得立刻飛抵家門，讓所有家人一同分享「清風徐來」的樂趣。這種意想不到的變化，確實有點兒讓人不可思議。

提著算不上沉甸甸，但又有些份量的小電扇，準備抄小路回家時，無意間走入了蘭玲社區（Landing）。當下一個念頭閃過：何不趁便往好友麗芬家，秀秀這個此地罕見的新玩藝兒。打定主意後，二老便興奮的帶著電扇，跨進王家前院，展示收穫去了。

「Are you cold?」「Be careful!」一句又一句關懷的聲音從後院傳出來。

究竟發生甚麼事？好奇兼緊張，加速了一探原委的腳步，趕快趨前瞭解一下。

「嗄！甚麼時候弄了這麼個游泳池？」

「都下午七點了，還泡在冷水裡，冷不冷喲！」

怪不得未進門，就頻頻傳來慈母愛心的徵詢，原來是幾個華、洋孩子正映著微弱夕照，窩在新買的活動式泳池內，學著「浪裡白條」，大玩打水仗的遊戲。

「是啊！隔壁的Jean和John愛上了這迷人的小游泳池，天天呼朋引伴的帶著大大小小毛巾來報到，我們家小薇禁不起「沖涼」的誘惑，非得一起下水不可。」麗芬怕小孩著涼，心疼的說。

「瞧！Jean的牙齒打顫，直打哆嗦了，快起來披上衣服。」大夥兒望著嘴唇由紅泛紫，全身顫抖的「洋」娃娃，催促她快回家換衣服，以免感冒。

「嘿！Jenny 也不行了。」

「快出來換衣服，明天中午再游吧！」

四個大人七手八腳的把泡在水裡，落湯雞般全身濕漉漉的幾個孩子搶救出泳池，包上大毛巾，一個個送回家後，小王如釋重負的噓了一口氣說：希望孩子們沒事。

誰知，那天戲水驚魂後，身強體健的kiwi孩子安然無恙，隔天依然活蹦亂跳的上學去。但咱們龍的傳人，竟敵不過晚來風急，染上風寒，臥床休養了。看來，不僅東西方國情有別，就連夏日祛暑的方式，也是不可同日而語啊！

35 歲末

隨著聖誕及新年腳步的來臨，學校、公司行號陸續貼出假期告示，人人收拾起忙碌的心情，準備享受休閒去也。當此之際，一向繁忙但還算車流平順的街道，頓時顯得擁擠不堪。有些提早上路，搶攻度假勝地的遊客，更教高速公路一反常態，讓人彷佛回到臺北的感覺。漸行漸緩的車速，造成若干交流道出現了輕微堵車。多如過江之鯽的車陣，有為辦年貨的；有為出外探親、互訪送禮的；有為……；其繁忙現象蔚為年度奇觀，絲毫不輸給原居地逢年過節時的返鄉盛況。

可以比美家鄉過年，具有異曲同工之妙的是：百貨公司、超級市場的折扣戰。不論吃的、穿的或是小孩兒玩具，五花八門，真是令人目眩神搖。就連家具、建材、飾品，各行各業，無不深怕落人後似的，爭先加入此一行列，呈現出罕見的商場戰國風雲。而洶湧如波濤的採購人潮，熱鬧滾滾，更是為炎熱的大地，製造了又一波的熱浪。有些老闆、店員為了爭取生意，紅衣紅帽白鬍子，裝扮成聖誕老人模樣，笑顏逐開的穿梭在熙來攘往的顧客群裡，忙得不亦樂乎。真個是門庭若市、生意興隆。

耶誕節，對洋人來說，有如華人過年一般重視。無怪乎，早半個月前，寬闊清潔的街道旁，已先後被五彩繽紛的聖誕樹攤販霸佔。而家戶間，不是在客廳裡開始布置放滿彩帶、燈飾的聖誕樹，就是在大門上佩掛紅綠相間的聖誕花環，在玻璃窗上貼起聖誕老人像，或各式各樣聖誕圖騰，別有一番藝術情趣。

有點兒類似亞洲人「除舊佈新」的心態，Kiwi家庭不管老人、年輕人，爬上爬下粉刷窗門、圍牆，修葺屋瓦、除草、種植新鮮花草，裡裡外外忙成一團。

最有趣的是街坊鄰居，路頭路尾矗立的大大小小「Garage Sale」牌子。有人在院子裡；有人在車庫；也有幾家人合起來在某家車道，將家裡過氣的、用不著的、買多了的各種用品、服飾，以歲末「出清存貨」、「大拍賣」的方式，一次清個夠。有些「拍賣品」實在無人青睞、乏人問津，賣主只好「買一送一」，甚至「不買也送」，全部處理掉。為了迎接一年一度的佳節，幾乎全國百姓都沉浸在另類忙碌的氣氛中。

阿寶一家融入本地族群，輸人不輸陣、隨俗的投入折扣戰場。從放假那天開始（一般在耶誕節前幾天，公司已陸續放年假），老兩口便開著大箱型車四處揀便宜，採購廉價瓷磚、油漆、窗簾、床單……，把平時貴得不忍心下手的東西，一次買個夠。然後學習紐西蘭人ＤＩＹ精神，把家裡的房間、浴室、客廳、餐廳來個「舊瓶新酒」，改頭換面，整頓得奐然一新，跟著Kiwi一起迎新年，自己也看著開心。

36 圍爐

很久了，已經很久不曾這樣大夥兒聚在一塊兒吃豐盛年夜飯了（圍爐）。

以前在家鄉過年，一則烹調技術不佳，一則家庭成員不多，總共不過三個人，因此，阿寶家的除夕年夜飯，總是燒幾道象徵性的魚、雞、青菜，也就過了。移居紐西蘭後，洋人地區過耶誕節、新歷年，這種中國人玩藝兒，就更沒法兒施展了。

「圍爐」，一如北國穿戴厚重衣褲、駕著雪橇，叮叮噹噹從雪地而來的聖誕老公公，在紐西蘭盛夏的季節，早已失去它原來的意義。既不可能享受熱騰騰、香氣四溢，吃進肚裡火辣辣、腸胃都暖和起來的火鍋；更沒法兒幾代同堂的圍著熱烘烘的火爐，聚在一塊兒話家常、聽老奶奶說吉祥話、發壓歲錢。在這裡除夕圍爐，充其量不過是鄉親們藉慶祝佳節的機會，圍著大圓桌歡聚一堂解解鄉愁罷了。

當原居地正風起雲湧的響應春節假期赴國外旅行，或一窩風的趕往大飯店享受異國情調的珍饈佳餚時，旅居紐西蘭的我們，卻更珍惜在家團圓的日子。也就是說：除夕夜，左鄰右舍、親朋好友自備幾道拿手好菜、家鄉風味名菜，在某一人家，圍著此地難得一見的旋轉桌，共進年夜飯。

打從臘八以後，「年」的氣氛從四面八方、一絲一縷的圍向華人世界時，有別於紐國風味，有限的華人春節食品、飾品、賀卡……，紛紛不甘示弱的抓住逐漸冷卻的洋人年節尾巴（本地公司行號、學校，很多是在一月十五日以後陸續告別假期，恢復正常作息），悄然登上新世紀舞臺。

「歡迎駕臨寒舍與我們共度除夕夜。」主中饋的文蓉姊，不但張羅每個禮拜所有教友的主日午餐，逢年過節，還不忘為這群羈旅異域遊子們的五臟六腑，調製可口的祭品，設計溫馨的節目，滿足大夥兒想念家鄉年食的饞嘴。

過年，對孩子們來說是最高興不過的事了。這次的除夕大團聚囊括了鄰近五、六家鄉親，孩子之多，自不在話下。小至十來歲乳臭未乾小朋友，到二十多歲即將踏上紅毯的大孩子，一網打盡，舉凡未婚，皆屬此一範疇。因此，父母、孩子分別「自立門戶」（各坐一桌），呈現不一樣的飲食文化場面。

席間，孩子們大快朵頤之外，不忘笑鬧、玩牌、彼此惡作劇，除了沒有壓歲錢、放鞭炮外，家鄉孩提時代熟悉的玩藝兒，在這群孩子們身上，歷歷如繪的被翻版出來。

「年夜飯吃得越慢越好，而且每樣菜都得嚐嚐喔！」看著不同於平日的山珍海味，有人大聲疾呼。

「對！對！對！吃空空，好年冬。」年輕人操著不甚流利的台語附議。

每個人忙著舉箸品嚐各家代表作時，賢慧的秀珍，從廚房裡端來精心製作的snapper，謙虛的請大家來個「年年有餘」：來！來！試試我做的魚。

「我這個撇蘭很地道，各位嚐嚐吧！」正如她美麗的外貌，菜燒得色香味俱佳的珠珠，吆喝大夥兒吃吃象徵長壽的長年菜頭（大頭菜或芥菜）。

「客家小炒，好吃誒！」一向伶牙俐齒、生就一付好口才的程先生稱讚的說。

「乾！乾！」

「沒有屠蘇酒，試試這酒鬼（酒名），如何？」小有酒量的蘇先生勸大家更進一杯酒。

「喝酒？兔肉下酒該是上乘美味吧？」有人促狹的打趣愛兔如子的養兔專家——蔣爸爸。

「那條魚不能吃完，來，換換我的絕活。」酒過三巡後，何弟兄落實年俗的請大家換嚐他的拿手紅燒魚。

面對滿桌子的豐盛——熱呼呼、香噴噴的應景年糕、年菜、蝦、螃蟹、牛肉等美食，配上紐西蘭的香醇美酒，教人不喝也醉。觥籌交錯中，在場賓客個個吃得紅光滿面、齒頰留香；乾得杯底朝天，欲罷不能，歡樂之情溢於言表。

正酒酣耳熱之際，忽然有人面帶微醺的輕哼「一件禮物」：有一件禮物，你收到沒有，眼睛看不到，你心會知道，這一件禮物，心門外等候，是為了你準備，別人不能收……。「新年歌」：每條大街小巷，每個人的嘴裡，見面第一句話，就是恭喜恭喜……。在美酒佳餚、民歌的助興下，海外過年的情緒，推到了最高點。

習慣了沒有春節，照常上班、上學的日子多年後，得以回味童年記憶，重溫兒時舊夢，享受海外圍爐的溫馨，這不能不感謝文蓉姊夫妻。如果不是他們不畏勞累，一早起來醃、滷、洗、切、煲各式年菜，準備大小杯盤；如果不是這些個家庭的熱心參與、贊助，我們就沒有這般新穎別致的新世紀「圍爐」了，不是嗎？

37 頂上功夫

剛到紐西蘭的頭幾年，上自老婆，下至小兒小女，每個人的頭髮，都是老公——阿鑫——一個人搞定。甚至他自己的三千煩惱絲，也不捨得麻煩別人，一邊照鏡子一邊剪、吹，頂上工夫之好，可說無出其右者。不但省了一筆「美容」費，時間上更是經濟方便，只要老公有空，不論白天、晚上，隨時可以動工。不用打電話跟髮廊預約，不用排隊等候，更不必花腦筋想是否可以用華語和美容師討論髮型、交換意見，反正每個人永遠都是自己固定的型，省事多了。

漸漸地，逐日長成青少年（女）的孩子們，開始注意時髦，幻想著「與同伴共舞」，因此，一個個離棄了「特約師傅」的精湛手藝，不再與師傅有約，不再上門求「剪」。取而代之的是在外遍訪韓國、香港或其他華人髮型師，由名為現代派、新潮專家為這些愛美少女梳理飄逸秀髮，為瀟灑男孩頭髮塗上發膏、髮油，搞得滿頭光可鑒人，就連小蒼蠅爬上去都是服服貼貼，不敢造次（無法亂動呀！）。

生意蕭條，只剩老婆一個老主顧的情況下，老公也只好宣布歇業收攤，從此不再搶人飯碗了。至於痛失專屬髮型師傅的老婆，情勢所逼，不得不跟隨孩子們腳蹤，一家一家尋求能做中老年髮型的「理髮廳」。從Forrest Hill找到Sunnybray到Milford；從女師傅找到男師傅；從華人找到洋人，只要人家推薦：這位師傅髮型剪得不錯；這家店剪髮還加按摩，服務很好；這家店燙髮兼護髮，收費低廉，十分公道；不論路途遠近、話通不通，都勇往直前。為了頂上日見稀疏的幾根毛，還真是煞費苦心。

也許攬鏡自理太費事，也許真是該換個師傅換換口味，一向習慣於「自己國家自己救」自行打理頭髮的老公，竟然意外的讓出了新手實習的機會，在一個晴朗的週末下午，讓老婆上陣磨練功夫。

「鬢邊稍短。」

「右邊打薄些。」

「嗯！削頭髮用另一把削髮剪子。」雖然不是自己操刀，還是不忘臨場指導，邊看鏡子邊呼這喚那。

「欸！客人的意見別太多，小心剪到耳朵。」老婆調侃的說。

「好吧！好好剪！我休息一會兒。」老公閉目養神，任由新師傅表現了。

「此時不回饋一下老公多年辛勞，幫他一個忙，更待何時？」老婆打定好主意後，出國前學習的美髮絕活，就此正式上場了。

靜謐中，老婆東瞧瞧、西看看，仔細的設計著髮型，琢磨著剪髮的技巧、順序。短短半個小時裡，使完發剪，用推剪、打薄刀、抹粉撲，有模有樣的上下其手，每一種工具都試過一下，「玩」得不亦樂乎。

「OK，大功告成！」彷彿完成一樁創舉、傑作出爐似的，老婆自鳴得意的喘口大氣。

忽然，「啊！後腦勺怎麼跟狗啃一樣，改天怎麼出去上班？」老公瞅著背後鏡子，語帶不悅的驚歎起來。

看著確實有點不同尋常的腦袋瓜子，再看看老公扭曲的臉龐，老婆知道──闖禍了。像孩子做錯事一樣，老婆掩住忍俊不住的笑意，壓低嗓音、忙不迭的賠不是，說：「這個髮型不合意嗎？要不要我再幫你修一下？」

最後，在不影響觀瞻的前提下，還是勞駕老公自行善後，把參差不齊的頭髮修剪成三分頭的樣式，完成這份看似容易，還真有點學問的頂上功夫。

38 園長奶奶

一

打從雅好種植花果蔬菜的林奶奶放出風聲，準備開春後到紐西蘭起，這一家便開始了先期作業——打點庭院。不論前院、後院，大肆整頓一番。尤其是兼具果園、菜園及花園等多功能的屋後空地，更是不可遺漏的上選佳處。因此，男主人買來了小木圍籬，利用每天下班閒暇時刻，趁著日頭吻別西山之前，趕工把不算太寬廣、幾乎令人叫出「田園將蕪，胡不歸」的迷你菜圃，一畦一畦畫好界線，倒進幾袋堆肥，滋養一下貧瘠土壤。這還不打緊，為了讓新客（未來的蔬果）吃飽喝足外，還能不受天敵環伺，於是重新拉水管、布置趕鳥設施。總而言之，一切就緒，就等園長大人駕臨，即可走馬上任了。

話說負責任的林奶奶榮膺園長頭銜後，還真不負眾望，早早晚晚，按時為這些青蔥植物除草、施肥、澆水，甚至加點裝飾。雖不至於像陶淵明一樣「晨興理荒穢，帶月荷鋤歸」，但也相去不遠了。

「大寶、二寶、小妹起床囉！」

「快！快！太陽曬屁股囉！」

每天清晨，當第一道曙光劃過天際，園長奶奶號角似的嗓門，已逐個房間響遍，叫起美夢正酣的童工們，全家老小齊聚廊下，一起做園長自行發明的晨操——抓抓耳朵、揉揉鼻子、甩甩手、踢踢腿、十指交錯合掌、兩手向後做拉毛巾姿勢，讓靜止了一宿的筋骨活動一下，同時防止冷空氣侵襲余溫尚存的四體五官，避免過敏感冒。接著，開始例行工事——拿水管清除前夜殘留葉面的宿露。據說這樣做，可以防止果菜葉子長蟲。真是「行家一出手，便知有沒有。」

「大寶，你先跟爸、媽一起鬆土。」奶奶邊把圓鍬交給大寶，邊說明怎麼鬆土。

「對了！堆肥成本太高，二寶，你來把這些雜草倒進牆角的大坑裡，風吹日曬幾天後，我們就可以有自製堆肥了。」

「是。」聽到奶奶點名，二寶無精打采的拿起畚箕，舉步維艱的緩步微移了幾下。

「來！每棵果樹底下撒些肥料，不可以太密喔！」想讓小妹提提神，奶奶派了另一份差事給她。可是當她看到孩子們粗手粗腳，一副心不在焉的動作時，奶奶又心疼的說：「小心百香果的嫩須喔，扯斷可就活不成了。」

剛開始試行新生活的頭幾個早上，一則毫無種植蔬果經驗，興趣缺缺；一則少爺、姑娘們還沒脫離周公掌控，個個睡眼惺忪。因此，只見奶奶又是口令，又是示範動作，忙得不亦樂乎，而這群「童工」們卻有一搭沒一搭的比劃。但園長奶奶一點也不氣餒，自顧自的一個步驟、一個動作照行不誤。

二

「奶奶，這是草嗎？要不要拔掉？」大寶興沖沖的除了幫葉兒沖沖澡，讓它喝喝水外，還替它修理參差不齊的鬍子。

「爸！我的繩子太細，綁不住，再給我一小截吧！」

「這枝棍子太短，豆豆爬不上去。」

「媽！苦瓜鬚鬚糾在一起，彼此擁抱了，妳幫我忙，把這個架子加大些。」

二寶看見苦瓜鬚糾纏不清的模樣，疑惑的問奶奶：「咦！苦瓜不是長在樹上嗎？怎會攀在架子上呢？」……。

不知何時起，孩子們已興味十足的加入了「春耕營」。看來——孩子們是真愛上這塊土地了。

不僅如此，兄妹三個閒來無事，便來個「菜園巡禮」！

「奶奶，您看番茄開花了。」

「哇！小黃瓜也開花了誒！」

「苦瓜的鬚鬚攀在我上午綁的架子上，好聽明喔！」

「可是——豆子好懶啊，趴在籬笆上睡覺誒！」

「奇怪！是誰給西洋芹吃歐羅肥了，居然幾天不見，就令人刮目相看，長得好高！」

兩個大男生在小天地中視察過後，七嘴八舌的搶著跟奶奶報告最新消息，更為自己幫綠世界夥伴搭建的新居，獲得青睞而喜形於色。

園長奶奶正思忖著：熱愛大自然的孩子不會學壞時，幾個孩子的聲音，又在耳邊響起。

「媽！妳快來看，百香果跟苦瓜、絲瓜一樣，有卷卷的鬚，好好玩喔！」

「瓠瓜葉，你遮住番茄了，來，稍微挪一下，讓太陽姊姊親親。」二寶深怕番茄陽光不足，但又怕傷了瓠瓜鬚，邊躡手躡腳輕移葉架子，邊自言自語的說。

「奶奶，聽說紐西蘭瓠瓜的公花、母花要靠人工點花授粉，這是小事，就交給我來辦吧！」在學校修生物課的二寶自告奮勇、興致勃勃的搶著表現一番。

「奶奶，茼蒿冒芽了，我來移植好嗎？」大寶也不甘示弱、躍躍欲試。

「哇！結實纍纍，檸檬樹跟橘子樹的枝條不勝負荷了！」嗜喝果汁的小妹果然眼尖，拉著畢恭畢敬、九十度鞠躬的樹枝大叫。

「嘿！你看，葡萄才真是一串串又大又甜呢！太棒了！」「我們可以釀葡萄酒嗎？」

孩子們你一言我一語，顯然——熱熱鬧鬧各據一方的十來種蔬果，不但為原本寂寞的小小果菜園增添了不少生氣，也令來自水泥世界的毛頭小孩，對這從未有過的陌生經驗歎為觀止外，還充滿著各自的期待。

三

紐西蘭罕見的小白菜、荷蘭豆及大大小小、種類繁多的番茄、蔥等，在師傅（奶奶）領進門，而徒兒們亦認真學習、悉心照顧之下，不消一個月，一棵棵茁壯的、飛躍的直往上竄，有些豆類、瓜類甚至匍匐地面，四處尋求棲身之處。各項蔬果在這些新園丁的呵護下，不但生長期縮短，而且沒有蟲害。

盛夏季節，當一株株新貴爭相出頭時，不僅左鄰右舍——華人、洋人——同享口福，有時生長過剩，還得勞煩男主人開車，遠遠近近的四處分送，真可謂「一家種菜，萬家吃」，造福天下蒼生了。

由於蔬菜結識了不少朋友，難怪友人要戲稱「菜園」為「菜緣」，而率領一群原本五穀不分、四體不勤的娃兒們共創佳績的老奶奶是「園長」了！

39 長工

春秋時代魯國有一位很有名的工匠，名叫「公輸班」。他的手藝非常好，只要一把斧頭在手，即使不成材的木頭，他都能做出精美的器具。我家「長工」雖不能如此巧奪天工，但也相差不遠了。

多年前搬家時，樓下多了一個workshop，閒置著實在可惜。我家「長工」二話不說的拿起皮尺，左量量，右比比；一會兒爬上，一會兒爬下，煞有其事的計算著幾根大木頭，幾根小木頭；需要幾片牆；哪裡開門，哪裡接電線。每天下班回來，吆喝著小工幫忙拿鐵釘、遞釘槌，釘木頭架、釘牆、磨石膏板、鋪地毯……。不出幾天，舒適、美觀的起居室「海市蜃樓」般的呈現眼前了。

又有一次，樓下rumpus的天花板出現孩子彩筆塗鴉似的斑駁痕跡，線條明暗清晰，像極了戲臺上丑角的大花臉，更像是剛生過病、形容枯槁的皺皺面龐，簡直是慘不忍睹。敏感的「長工」直覺的感到那是水漬，於是展開了一連串的抓漏工程，企圖循線找出肇禍元兇。鍥而不捨的結果：原來是一直以來藏身天花板裡的銅質水管氧化，長了銅綠，水管腐蝕破裂，於是水滴就這樣滴滴答答的佔據了天花板的每一寸面積。盡職的長工，再一次發揮敬業精神，衝向慣跑的五金行買回補漏材料，左捏捏、右搓搓，三兩下工夫，哭漣漣的水管立刻停止了傷心的啜泣，不再淚灑天花板。而查漏時被切割得「柔腸寸斷」的石膏板，也一一換上全新服飾，刷上白油漆。受創的天花板，在我家長工的細心呵護下，霎時恢復了往日風貌，一點也沒有「悽愴病容」的感覺。

更妙的是：原本滿地黑漆漆的前後水泥地門廊，在長工安排精美磁磚搶戰灘頭後，煥然一新，再也不必三不五時的上沖下洗，忙煞水槍（waterbluster）先生。

＊　＊　＊

我家長工放下榔頭、釘槌、水泥磨刀，穿上圍裙，拿起菜刀、鍋鏟，搖身一變，又是一位不折不扣的「時髦中饋師」。除了「客家小炒」色香味地道，令吃過的人齒頰留香，緬懷不已外，「麵疙瘩」是他的另一拿手絕活，品嘗過他手藝的朋友，無不嘖嘖稱奇。

說來奇怪，我家長工不僅扮演「木工、水泥工」，對於「飲食文化」也別有一番見解與詮釋。有時為了祭祭五臟廟、慰勞慰勞辛苦終年的五臟六腑，全家外出打打牙祭。誰知回來後，長工先生閒來無事，竟然有模有樣的擺起pose，賣弄一番。而足以媲美餐館的滿桌佳餚，就這樣一一重現寒舍。起先，我們都以為是巧合，正巧那幾道菜他老兄會做，但屢試不爽，才恍然瞭解：原來飲食間，餐館大廚的食譜早已偷偷的溜進了他的腦海。

現在，即使到朋友家做客，到餐館用餐，回家以後，只要時間許可、材料具備，長工就可在自家廚房，大顯身手。甚至，精心改良出更可口的美味。當然，我們也就義不容辭、順理成章的享用這位時髦中饋師的傑作囉！

生於鄉村，長於郊野，從小與雞鴨為群，與牛羊為伍，看著牛屁股長大，伴著青菜、水果成長，與日頭賽跑的長工，在這樣大自然間、閒雲野鶴式生活中，耳濡目染的結果，終於薰陶出純樸的「老圃」特質，舉凡種菜、種水果，無一難得了他。因此，雖沒有大農場，也沒有專業蔬果溫室，但我家經常青菜、水果滿後園。最高紀錄，曾經在小小院子裡收成了十六種蔬果。也許，這又是中饋師在佳餚美味的材料敏感度方面，所表現出的另一成就吧！

動輒要求「男主外、女主內」的中國傳統社會中，能在「長工」這個角色上扮演得如此稱職、得體、興味盎然，而且樂趣無窮的，倒也不多。若要隨便辭退這樣一位忠心耿耿、合作多年的老長工，還真捨不得呢！想到這裡，且讓我倆繼續配合、共同為「長工」與「小工」的職責努力吧！

40 看日出

宋朝詞人蔣捷說：「少年聽雨歌樓上，紅燭昏羅帳。壯年聽雨客舟中，江闊雲低，斷雁叫西風。而今聽雨僧廬下，鬢已星星也。悲歡離合總無情，一任階前點滴到天明」。

隨著季節的轉換，日出的景象，各有其不同風貌；與時推移，看日出的心情，一如蔣捷之聽雨，也有其不同感受。

當大部分的人，還蜷伏在夜神的掌控中，貪婪的睡神，正恣意的釋放出駭人的能量，囚住每一位夜寐者的知覺時，除了偶爾傳來幾聲疾馳而過的車聲外，只有三三兩兩睡不著覺，早早鑽出被窩的小鳥，躡手躡腳的溜出門外，清清嗓子，準備加入早覺會奶奶、媽媽們的行列，為她們彈奏一曲「晨之頌」。

靜定中，遠方天空賭城頂端的號誌燈，碼頭邊白花花的水銀燈，伴著店家燈火與寂寥的街燈一閃一爍，終夜明滅外，只見Pupuke lake 湖水波光粼粼和如鏡海水亮閃閃的反光。正思維間，以Rangitoto 山頭為據點，一線拉開，宛如小朋友剪紙用的漸層紙一般，蒼穹下呈現出深藍、粉藍、藍紫、粉橙、橙色等層層疊疊不同的色澤。搭配若隱若現、寥落的星辰、晨風中搖曳的模糊樹影及沉睡的屋宇，描摹出美麗的剪影。

突然，一隻通體泛紅、火球似的小精靈，伸伸舌頭、輕輕悄悄的從鮮豔的橘色山后迸了出來，對著匿身一隅的皓月招手，示意它趕快退位，不要干擾了例行的「登基大典」。

正糾纏不清之際，像偷喝了酒，面頰緋紅的少女；像新嫁娘粉臉上抹了胭脂；像營火的熊熊烈焰；更像大型電筒火光四射，整個山頭周圍，霎時染上了耀眼的紅。初時的光環，還算柔和，但不一會兒工夫，逼視的光線，像晚禮服的金絲；像煙花；也像炸彈爆裂，令人目眩神搖。更教人傻眼的是：煞那間，串通好的藍色精靈，簇擁著太陽公公，當仁不讓的霸佔了天際，灰濛濛棉花似的雲朵，滿心不願意的，被一一驅逐出境，大地抖的亮了起來。

蔚藍的天空，一塵不染。還不甚喧囂的花園角落，草先生率先牽著三妻四妾，花容美眷，精神抖擻的展開笑靨，效法媽媽們在晨曦裡翩翩起舞。不多久，娉婷的轎車一部挨一部，加入了黎明工作、稀疏的車流。一時間，人聲鼎沸，趕趟兒似的上學公車櫛比鱗次。Forrest Hill路上，又顯現了每個上班時間川流不息、險象環生的堵車場面了。

生平第一次看日出，是數十年前參加救國團主辦的「阿里山觀日出」。記得當時年紀小，說到外出郊遊，一夜不睡也不困，何況是將親炙日頭的溫純，豈有不廢寢忘食之理。早幾天，就已打點好上山看日出必備的墨鏡、圍巾、大衣、雨衣等禦寒、防雨道具，準備「與日有約」去也。

當時大夥兒住宿的旅館，距離觀日峰還有一段路，為了節省時間，也為避免消耗過多的體力，我們搭乘小火車上山。迂回盤旋的山路，不時有伸手不見五指、漆黑的長山洞。好不容易停歇了夾帶幾分驚懼、幾分興奮的尖叫聲，出得洞外，但轉過來轉過去，彷佛看到的都是同一人手筆、色調圖案一致的彩繪。正好生奇怪，欲往打探清楚時，領隊學長適時出面說明，才叫這群「丈二尼姑」恍然大悟。原來是山頭陡峭，穿鑿開發不易，小火車軌道只好環繞山勢，一層一層建造出來。難怪東張西望，所見都是似曾相識、大同小異的高山勝景。

高處不勝寒，鋒頂既冷且黑，小妮子個個膽小，縮頭歪腦，爭先占個好位子，迎接這一天的第一線曙光。但又擔心摸黑中未知的變數出現，一會兒擠上，一會兒鑽下，又愛又怕受傷害，差點兒錯失迎接旭日東昇的時刻。

據說清朝學者姚鼐看日出，尚且登上泰山的「日觀峰」，無怪乎小時候在家鄉看日出，也得循例爬上阿里山。

現在——看日出，既不需全副武裝，備齊所有道具，星夜摸黑、千里迢迢的趕赴觀日峰，也不必耽心天公不作美，乘興而去，敗興而回，白走一遭，卻無眼福。只要有興趣，一身輕便，坐在自家客廳，打開落地窗，火球燃燒般的日出鏡頭，就可飽覽無遺，與當年看日出忙和的情景，真是大異其趣，不可同日而語。

41 另一種體驗

那年——九四年——

「葉先生、葉太太，電臺正缺人手，有沒有興趣過來幫忙呀！」鄰居鄭先生——社區電臺主播兼華報主編，在發現一家五口都操著流利標準語言的葉家後，試探的邀請一起做節目。

也許是好奇，也許是想一償宿願——嘗試播音的樂趣，總之，在鄭先生的推薦下，初生之犢不畏虎的五名新手，一腳踏入了廣播圈。夫妻倆以三聲帶（華語、閩南語、客家語）發音，主持「寶島情懷」的節目。剛上十年級的女兒與侄子、姪女，則製作並主持青少年時間——我有話要說——的call in訪問節目。儘管當時一家子都還步履不穩、戰戰兢兢，甚至誠惶誠恐、牙牙學語似的學習，等待琢磨。但不可否認的，一段時日的錘鍊後，五個人都深深的愛上了這份「自言自語」的妙趣，而且全心全意的投入那間只夠二、三人轉圜的小小斗室。

「廣播人」的頭銜，催逼著這家子不但得多留心廣播技巧，閒暇時更須多方面查閱相關書籍，或請教有經驗的親朋好友，跟著專家前輩們四處採訪，收集資料，孜孜矻矻、認真的學。為了截長補短，除了多聽聽別人的節目外，更錄下家鄉的節目帶子，回家咀嚼、消化，同時與自己的節目帶參照改進。如此勤勞、努力，無非是希望「三腳貓」日後能平穩的站起來，躋身為可愛的「波斯貓」，人「聽」人誇。

＊＊＊

奧克蘭，雖還談不上「居大不易」，但相差也不遠了。人浮於事，加上語言溝通、文化背景的懸殊差異，使新移民要想立刻融入，找份謀生工作，立足異邦，還真不是那麼容易的事，這從周遭朋友所謂「海防部隊」（海邊釣魚）、「銀行上班」（到銀行領利息過日子）便可見一斑。過多的閒情，無法排遣的時光，著實讓人有些發慌。因此，故鄉的點點滴滴，此時此刻教人懷念不已，午夜夢迴，還不免長噓短歎呢！

為了安撫離鄉背井的旅人，讓他們在恬靜的夜晚，回味老家的溫馨，每星期五晚上九點二十分，老公與老婆以他們故鄉熟悉的聲音——華語、客家語、閩南語，播報地球另一端的軼聞趣事、詩詞欣賞、股票、氣象及耳熟能詳的懷念老歌，稍解羈旅異域的鄉愁。

至於新移民的下一代，小小年紀，跟著父母在陌生土地上一切重新適應（有些孩子還是隻身在此單打獨鬥呢！），不只是語言文化的迥然不同，課業、人際關係的調適，也是一個全新的課題。因此，稚嫩的心靈，常覺得「我有話要說」、「我想大聲疾呼」。基於此，星期五晚上十點二十分，三個青少年——Cherry、Lily、Jack，藉著空中頻道，與廣大的年輕朋友們話家常、聊聊音樂，交換些不同意見。有時也開放播音室，讓有共同興趣、理念的同儕們到電臺來發表他們的感想、紓解內心的沉悶，或分享各自擁有的樂趣。這樣，既可「以話會友」，又可集思廣益。

當時，一家五口雖然都是處於「做中學」的階段，然而聽眾們熱烈的迴響，使這不同的體驗更上層樓，越做越有心得。直到如今，即便離開廣播圈多年，但對著麥克風喃喃自語的興趣不減，特殊的感受，更是記憶猶新。

42 公車族

正式登上「失業」寶座，入主「家管」王國之前，阿寶曾經因為坐擁青少年世界，忝為無冕王，叱吒基礎國學殿堂，也稍具購車積蓄。然而地狹人稠，停車不易，加上原居地向來公共設施完善，交通便捷，因此，香車、美人無異是遙遠的夢想，海市蜃樓罷了。

誰知，涉足白雲故鄉後，竟是另一番景象。No Car No腳（腳的閩南語與car諧音），人人「車」來「車」去，家家至少擁有一部自用汽車，多的甚至二部、三部。開著閃閃亮麗的自用豪華轎車，進出方便，節省候車時間外更是滿足了如阿寶之流，原本路癡加車盲，如今卻能略辨西東，穩穩上路的成就感——吾不為也，非不能也。

既做了快樂的開車族，當然搭乘大眾捷運——公車——的機會，便相對減少了。

那天，為了避免尋找停車位的困擾（曾幾何時，奧克蘭市內的停車情形已是一位難求），同時免去日益高漲的停車費剝削，阿寶開心的加入了「公車族」。

才踏進車門，迎面而來滿口早安的盈盈笑臉，霎時趕走了追車時的驚魂、不安，心情為之舒坦。途經若干停車站，不論上下車人數多寡、快慢，那一貫的問安、笑臉，有時還真令人懷疑：是答錄機放的嗎？

由於當時正值上下班尖峰的八點時刻，車流由剛開始的區區幾部車，漸次成為車水馬龍，一部挨著一部，在高速公路上緩步微移。忽然間，方向盤一轉，司機把一龐大車身駛入了左邊，豎立著 **Bus Lane 6:30-9:30** 醒目大招牌的墨綠色公車專用道上。在身旁羅列的無數私家車司機，只能恭敬的行注目禮，卻無心私闖的保障下，大巴士一路暢通無阻的疾馳而去。

跟很多地方一樣，乘客如果沒有儲值的「公車卡」，此地的公車司機，必須兼職售票員。魚貫而上的乘客，客客氣氣的將票款擺上，說出目的地後，司機才按下電腦販賣機，遞出正確的車票與找零。若有學生、長者乘坐，則必須出示特定證明，購買不同的乘車票。萬一乘客只有口述，卻沒有行動配合交出必要的證件，司機會耐心的等待你一切手續搞定後，才遞出適當的車票。如此一絲不苟、有條不紊的操作完所有作業程式，乘客亦已各就各位後，司機先生終於可以正襟危坐、二眼平視前方的開車上路了。

這樣的「標準模式」，在每一個停車站周而復始、規律的進行著。

曾經有朋友這樣說：紐西蘭公車非常不準時，特別是路線的區間站，經常令許多接駁乘客，向著轉換的下班車，道再見，任其揚長而去，徒歎無奈。乍聽之下，深覺不可思議，難以想像。西方世界，不是一向標榜「守時」嗎？怎會如此令人扼腕？經過親身經歷，才恍然大悟箇中奧秘，真是饒富趣味！

優質服務，平穩安頓乘客，固然值得嘉許，但若能兼顧準確行車時間，豈不更妙！魚與熊掌，真是這麼困難取捨嗎？

43 溫泉鄉之旅

碧雲天，黃葉地，在一片草木由綠轉紅、轉黃的漸層色背後，秋，悄悄的進駐了「人間淨土」，這個時候是紐西蘭最美的時刻。趁著復活節放假四天，夫妻倆帶著工作單位的產品——衛星導航系統（GPS），踏上了溫泉鄉之旅。

羅陀魯阿（Rotorua），是距離第一大城奧克蘭南方約四個小時車程的一個小鎮。除了聞名遐邇的地熱溫泉、湖泊、間歇泉，還有很多的毛利遺產，幾乎可以說是毛利人的原鄉，溫泉的家。想一探毛利舞藝、食物、木雕；想親炙溫泉、火山泥、地熱發電廠；羅陀魯阿應是首選目標。

Whakarewarewa溫泉村

距離Rotorua約二公里處，有一個名為「Whakarewarewa The thermal village」的村落，是我們此行的第一站。這座溫泉村除了保留毛利大會堂（Marae）、雕刻店、村落遺跡外，還有間歇泉（geyser）、火山泥坑、地熱澡堂、地熱煮食坑等。

當人們沿著一級一級彎彎曲曲的嶙峋岩石前進時，身旁色澤灰白的泥漿池子，不時的發出逼逼撥撥、咕嚕咕嚕，彷佛稀飯煮熟了的聲響，夾雜著熱汽蒸騰、直沖雲霄的白色煙柱，氣勢宏偉，壯觀極了。

泥漿池

據說在這個村落中，四處可見的泥漿池（Mud Pool）裡，不同顏色的泥漿，具有不同的作用。比方說：色澤較深的泥漿，對於關節炎、風濕症深具醫療效果。至於顏色比較淺的泥漿，則是調配礦泉水後，作為婦女敷面用的美容聖品。

Hangi和蝴蝶池

一路朝氣蓬勃的毛利解說員，領著大夥兒在硫磺味撲鼻、煙霧彌漫的大大小小池子、坑洞間竄來竄去，訴說著不同池子所扮演的角色。毛利人常說的Hangi，就是在這些冒熱汽的地洞裡，架起木板，作成煮食物的地灶，然後放入包好的食物，蓋上蓋子燜煮。Hangi旁，有一個水質純淨，熱度高達二百多度，人走上前去，霎時滿眼迷離如兔子的中型溫泉池，村民將玉蜀黍、蛋……等食物，用網子包好放入水中燙熟，類似家鄉溫泉煮鐵蛋，別有一番風味。

在一棵身形枯槁的大樹旁，原來是一個形狀普通的地熱池子，並不特別吸引人。後來存在於池子裡的矽土，越堆積越多，終於把池子一分為二，而且形狀像極了蝴蝶。天氣好時，花枝招展的蝴蝶們成群結隊的在池子周圍，上上下下翩翩起舞，因此，人們稱這個溫泉池為蝴蝶池（Butterfly pool）。漸漸的，有人發現一件有趣的事，那就是池子裡的水漲起來時，天氣就轉晴、轉好；而池子裡的水逐漸乾涸了，就下雨。於是，人們又稱這個池子為天氣池（Weather pools）。

地熱澡堂

當一般人逐漸改用歐洲式按摩浴缸，享受時髦、電器化衛浴設備之際，早期引用來自Parekohuru地熱溫泉水的洗澡坑，就顯得別具情趣了。根據村裡毛利人的說法，使用這種溫泉水可以解除身上肌肉的疼痛，對於關節炎、風濕症患者，有極佳的療效。由於這種水質，令人洗完澡後，身上感覺油滑、像絲綢般柔軟，因此，這些溫泉洗澡池子又被稱為油池（Oil Baths）。

在這個村落裡有兩個這樣的公共沐浴區，村民們從小被訓練如何使用這種與眾不同的澡堂。通常公共溫泉沐浴池，一早就注滿溫泉水，然後擺著讓水冷卻。大約傍晚五點半左右，村民們開始陸陸續續的走向澡堂，準備沐浴。當整個身子浸泡在溫泉水裡，四肢暖和、凝膠的感覺時，沐浴就算結束，起身離開浴池。

村民說：這種沐浴方式，和一般人使用肥皂、洗髮精洗澡，沒有兩樣，甚至這種公共澡堂式沐浴，被視為生活的一部分，受到所有村民的重視。

亞麻

在這座村子裡，除了著名的地熱池子外，還種了不少亞麻（Flax）。世界上亞麻的種類，超過五十多種，各種亞麻各有其不同的用途，例如：製作繩索、漁網、墊子、籃子……等等。在這麼多種類的亞麻植物中，由於亞麻纖維含量多寡、質地優劣的關係，只有四種可以用來製作毛利人跳舞穿的裙子（Piu Piu）。村民告訴我們，判別亞麻纖維優劣的方法之一就是看葉片，如果葉片挺直，它的纖維必是不錯。相反的，如果葉片下垂，則這株亞麻的纖維就比較少。這個村落裡栽種的亞麻，百分之九十五是用來製作毛利舞裙。

毛利會堂

代表毛利精神所在的大會堂（Marae），遍佈紐西蘭各大城市，這個村落也不例外，走進村子，首先映入眼簾的便是Ancestral Meeting House。

對於那些來自Tuhourangi Ngati Wahiao部落的Whakapapa家族來說，這座名為Te Pakira的會堂，是個極其重要的建築，它是村落的中心、各種重要集會的場所。

毛利人驍勇善戰，站立於建築物頂端的Wahiao就是Tuhourangi部落的戰士首領。這座建築物的特色在於入口的主要廊柱底部和旗竿。Wharenui左邊的鈴鐺，本屬於Rev，Seymore Spencer教會，曾經在一八八六年時，因火山爆發被敲響過。後來在一九八〇年時被帶到這個村落來，懸掛在會堂外。

44 那個晴時多雲偶陣雨的週末

二〇〇八年，阿寶遷居紐西蘭已堂堂邁入第十五個年頭。一年一度在漢彌爾頓舉辦的「熱氣球活動」，卻一直停格在「不知其詳」、「聽說」的階段，終於……。

無意間，「熱氣球節一日遊」，映入因為結算成績，寫學生評語而迷離數日的眼簾。霎時，阿寶精神為之一振，「為什麼不給自己一天假期」的念頭，迅疾閃進已經遲鈍不堪的腦海。就這樣，連夜致電××婦女會活動組組長Emily報名。

快樂出航

那天，四月八號星期六清晨，陰霾的天空、略顯冷清、濕漉漉的街道，明白的告知了這個特別的日子，也許不會是個令人興奮的「出遊日」。果然不錯，正當大夥兒興高采烈的驅車前往Pakuranga Community Centre，與其他朋友們會合之際，老天爺哭喪著臉唏哩花啦的灑下一陣及時雨，嚇得興致正濃的姊妹滔們個個花容失色。雖不能說遊興盡失，但也不免擔心這場滂沱大雨，會不會澆息了「熱氣球」的燦爛。

也許大夥兒的熱情感動天，也許老天爺的寬宏大量，總之，一切就緒，準備開始計畫中的行程時，朵朵白雲掙脫了桎梏，衝破烏黑的天幕，依偎著蔚藍晴空，秀出亮麗的笑臉。一片歡呼、驚喜，使車廂溫度倏的上升了幾度，充滿了暖洋洋的氛圍。

「令狐處長、陳委員，各位鄉親，大家早！歡迎姊妹滔們攜家帶眷參加一日遊。」

「早。」

原本就丹田飽滿、天真活潑又美麗的組長Emily，隨著升溫的喜樂情緒，甜美的嗓音提高了幾分貝，也感染了所有人應答聲相對的響徹雲霄。

「今……日是快樂的出帆日，卡摩美、卡摩美。」有人開始輕啟曼妙的歌喉。

栗子的家

「朋友們，以前在家鄉吃過糖炒栗子吧！今天我們就來拜訪一下位於Gordonton的栗子家園Chestnut Orchard！」「別忘了橡皮手套、塑膠袋。」「別忘了……」

「樹下的用腳踩，小心被針刺紮到腳。」「樹上有的沒熟，小心紮到手。」

Emily窩心的叮囑猶在耳邊，一大群人已使出越野賽的強勁，奮力衝向果園，進行第一站任務「採栗子」。

偌大的果園裡，有的昂首、有的低頭，星羅棋佈的「採栗人」，儼然當年家鄉草莓園開放遊客自行採摘的景象。

「瞧！那群韓國朋友，鏟子、夾子……，工具一應俱全，真是有備而來。」

「哇！滿滿一大袋，少說也有五、六公斤吧！真是收穫滿行囊，值回票價。」

「看來我得加把勁，努力幹活兒，多采些回去孝敬我家人囉！」

「喂！把它打下來，這串熟裂了，肯定很甜。」

「這棵樹上很多串，快來。」「樹下都撿不完了。」「嘿！踩這個，踩……」有人埋頭苦幹，認真採收；有人呼朋引伴，互通訊息；整個園子裡洋溢著滿足、興奮的笑聲，彷佛重返童年歲月。

Karapiro水壩

「Karapiro水道建造於一九四七年，是位於Waikato River河流的發電站最後一個水道口，位於陶波湖下游一八八公里處。Karapiro水壩就在漢彌爾頓、劍橋之間的Waikato河。……」

「Karapiro湖上有很多水上活動，例如：機動船、滑水、遊艇……」Emily口若懸河的介紹了下一個定點。

「自由參觀完後，請大家來個大合照，然後前往W律師事務所拿可口日式飯盒。」我們活潑、美麗又大方的組長，再次下達命令。

這時，滿載人手一個飯盒、miso湯、外加茶水一罐的大巴士，穿過大街小巷後，停在一處綠草如茵寬闊的草坪前。

「這不是漢彌爾頓花園嗎？」眼尖的同志們已發現身居何處。

「是啊！這裡有美國花園、印度花園、日本花園、中國花園。待會兒可以一面欣賞各個時代的花園造景，一面享受置身不同國度的樂趣。」

也許是為了配合手中「Japanese Lunch」，設想周全的Emily安排我們一行六、七十人，在「Japanese Garden」享用我們豐盛的午餐。

既知性且感性的婦女時間

「歡迎××婦女會的姊妹們，來到此地。……」「有很多事情在紐西蘭的婦女，不能用故鄉思維方式面對，今天短暫的午餐時間，我們就來談談女人最常遇到的問題。」主講人稍做停頓後，單刀直入的說明她的座談主題。

「我每個星期到奧克蘭兩天，我們可以約時間進一步討論。」W律師體貼的說。

「我的電話是……，我們就相約奧克蘭見囉！」每個人都深怕錯過機會似的，爭先恐後在W律師的手機裡，留下聯繫號碼。

難忘之夜

離開美麗花園後，為了趕在天黑前參觀熱氣球的秀場，遊覽車直奔目的地——Innes Common，Hamilton Lake。

漢彌爾頓年度大事之一的熱氣球節，是由Waikato熱氣球慈善信託基金會主辦，漢彌爾頓市公所、電臺、電力公司、Waikato時報、汽車批發、旅店同業……等單位協辦。一連五天的各項活動，吸引了來自國內外成千上萬的熱氣球同好，共襄盛舉。

人山人海的大公園周圍，排滿了各式吃、喝攤位外，還有小火車、小汽車、旋轉車等各種遊樂器材，大型表演舞臺。讓人不知是走進了夜市，還是誤闖了兒童樂園、工地秀。而中間綠油油的草坪間，除了布置好今天重頭戲：點燃熱氣球、煙火表演的行頭外，有人丟飛盤玩耍；有人大啖熱狗、薯條；有些小孩拖著氣球跑；有些情侶卿卿我我、摟摟抱抱，點綴得整個場子格外醒目。最令人蔚為奇觀的是：每個角落一字排開，標兵似的站著一長串灰色、讓人方便的簡易衛生間。

隨著微風逐漸轉強，夜幕悄悄的撒下了天羅地網。正當人們期待著亮麗的煙火、熱氣球照明夜空之際，忽然飄下濛濛細雨。這時，一朵朵五顏六色的傘花，倏的展開，隔鄰Kiwi有感的說：「might be nothing」。哇！當真如此，豈不是太傷感情了。

「雨停了！雨停了！」身後青少年雀躍的驚呼，劃破了靜謐的世界。

「熱氣球脹大了！」「哇！彩色熊！」「又一個大氣球，身上還背了一隻鳥！」「五彩斑斕的孔雀……！」「嗯！熄火了……」「喔！又亮了……」一陣陣火光，時明時滅的從氣球底部往上沖，使得球身不斷脹大、脹大……，通體深紅，彷佛一個個燒熱了的火球。這時Hamilton Night Glow活動進入高潮，觀眾的情緒也High到了極點。

「怎麼不升空？怎麼還不升空？」引頸企盼的觀眾，好生訝異，低聲嘟噥。

「是啊！整個球體都已逐步往上浮起，為什麼不飛上去？為什麼不騰空？」

「走了！走了！再不走，可能會賭車，回奧克蘭就太晚了！」腦海裡正思索著熱氣球為什麼不升空時，同行夥伴在耳邊小聲提醒。

大夥兒只好在五光十色、繽紛奪目的煙火下，一步一回頭，三三兩兩的快步離開會場，結束難忘的一日遊：終與「升空熱氣球」擦身而過。

語言文學類　PG2060　秀文學18

南十字星空下的呢喃

作　　者／林寶玉
責任編輯／洪仕翰
圖文排版／楊家齊
封面設計／楊廣榕

發 行 人／宋政坤
法律顧問／毛國樑　律師
出版發行／秀威資訊科技股份有限公司
114台北市內湖區瑞光路76巷65號1樓
電話：+886-2-2796-3638　傳真：+886-2-2796-1377
http://www.showwe.com.tw
劃撥帳號／19563868　戶名：秀威資訊科技股份有限公司
讀者服務信箱：service@showwe.com.tw
展售門市／國家書店（松江門市）
104台北市中山區松江路209號1樓
電話：+886-2-2518-0207　傳真：+886-2-2518-0778
網路訂購／秀威網路書店：https://store.showwe.tw
國家網路書店：https://www.govbooks.com.tw

2018年6月　BOD一版
定價：350元

國家圖書館出版品預行編目

南十字星空下的呢喃 / 林寶玉著. -- 一版. -- 臺北市 : 秀威資訊科技, 2018.06
面； 公分. -- (語言文學類 ; PG2060)(秀文學 ; 18)
BOD版
ISBN 978-986-326-561-0(平裝)

855 107007428

讀者回函卡

感謝您購買本書，為提升服務品質，請填妥以下資料，將讀者回函卡直接寄回或傳真本公司，收到您的寶貴意見後，我們會收藏記錄及檢討，謝謝！如您需要了解本公司最新出版書目、購書優惠或企劃活動，歡迎您上網查詢或下載相關資料：http:// www.showwe.com.tw

您購買的書名：________________________________

出生日期：________年________月________日

學歷：□高中（含）以下　□大專　□研究所（含）以上

職業：□製造業　□金融業　□資訊業　□軍警　□傳播業　□自由業

□服務業　□公務員　□教職　□學生　□家管　□其它____

購書地點：□網路書店　□實體書店　□書展　□郵購　□贈閱　□其他

您從何得知本書的消息？

□網路書店　□實體書店　□網路搜尋　□電子報　□書訊　□雜誌

□傳播媒體　□親友推薦　□網站推薦　□部落格　□其他________

您對本書的評價：（請填代號　1.非常滿意　2.滿意　3.尚可　4.再改進）

封面設計____　版面編排____　內容____　文／譯筆____　價格____

讀完書後您覺得：

□很有收穫　□有收穫　□收穫不多　□沒收穫

對我們的建議：________________________________

____

____

____

請貼
郵票

11466
台北市內湖區瑞光路 76 巷 65 號 1 樓

秀威資訊科技股份有限公司 收

BOD 數位出版事業部

(請沿線對折寄回，謝謝！)

姓　　名：________________　年齡：________　性別：□女　□男

郵遞區號：□□□□□

地　　址：____

聯絡電話：(日)________________ (夜)________________

E-mail：____